UNE ANNÉE PARTICULIÈRE

NICOLAS BEDOS

UNE ANNÉE PARTICULIÈRE

Journal d'un mythomane

Vol. 2

ROBERT LAFFONT

ISBN 978-2-221-13319-4

À Pom

« 22 avril. Matinée très ensoleillée.
Aucune envie d'écrire. »

Victor HUGO

Tristane, ma « meilleure amie »

Lundi. Alors que le soleil de Bali caresse mon âme endolorie, me suivant comme une groupie, y compris aux terrasses de ces bars pour expats qui, généreux en diable, inscrivent à leur menu de jeunes Indonésiennes pour le même prix qu'un Coca light, bref, lundi, alors que j'aiguise mes crayons au large de Singapour (façon très « jérôme-garcinesque » de dire que je ne fous rien), le patron du journal crypto-socialiste *Marianne* fait vibrer mon iPhone (45 euros la minute) : « Nicolas, me jure-t-il sur la tête de sa défunte maman, si tu écris dans notre canard, ta liberté sera TOTALE ! Tu connais la maison, ses couvertures si mesurées sur notre président ("Le voyou de la République", "Une racaille à l'Élysée", "Le furoncle néolibéral", "La plus petite bite de France", et j'en passe), crois-moi, aucun nazi de la politesse ne viendra censurer tes outrances. »

J'ai décidé de le croire, eu égard à sa bonne tête et à son chéquier bavard.

Suis-je libre à *Marianne* ? Afin de le vérifier, cher lecteur, démarrons sans scrupule par l'« affaire Macé-Scaron » qui depuis quelques jours embarrasse cette rédaction. Le camarade Joseph qui, par inattention, laisserait traîner dans son bouquin les lignes d'un confrère. Question : Ne préfères-tu pas lire les emprunts raffinés d'un lecteur averti que les graphomanies d'une tâcheronne authentique ? Prenons A. Nothomb (dont la merde est bien d'elle – j'ai goûté). Ne ferait-elle pas mieux d'aller piquer quelques passages lisibles dans sa bibliothèque ? Le faux surpasse souvent le vrai, me disais-je la semaine dernière en contemplant de toute mon âme la poitrine en marbre rose de ma petite amie. Le problème de Scaron, qu'il partage avec Minc, Attali et d'Arvor (la liste complète des plagieurs et autres négriers littéraires est disponible sur mon blog), n'est pas tant la malhonnêteté que la course contre la montre : pauvres forçats des lettres obligés de courir d'une radio à une télé, d'une interview sympa à une critique mesquine, du « Grand Journal » (trop court) au « Petit Journal » (trop long), en passant par la foire aux poèmes et légumes... Et tu voudrais – en prime – qu'ils écrivent entièrement leurs succès ? Un peu de compassion ! PS : Bon courage, mon Joseph, ne te jette pas sur le cyanure : tu as bien du talent et les Français sont aussi sévères qu'amnésiques. Rejoins-moi à Bali et reviens dans six mois, avec un nom d'emprunt.

Mercredi. Ô toi, lecteur indigné,

Tu peux toujours critiquer le retour peu discret de DSK en France (c'est vrai qu'il aurait pu la jouer queue basse, papy : rejoindre la Belgique dans la soute d'un ballon dirigeable, atterrir en parachute, dissimulé sous une perruque de Lady Gaga, puis descendre sur Sarcelles à dos d'âne), tu peux continuer à pester, calculer le prix de l'essence de la berline qui transporte ses valises de remords, suspecter à loisir les larges sourires que lui et sa femme se balancent sous les flashs, mais moi, mardi, ne t'en déplaise, j'ai envoyé un bouquet de fleurs à l'épouse en titane, l'« admirable » Anne Sinclair. Misérable offrande pour tous les services qu'elle vient de rendre aux couples dits « modernes » – et plus précisément aux enflures infidèles dans mon genre, ces éternels adolescents dont la capote est tiraillée entre deux sincérités successives : d'un côté, ce désir fugitif que leur inspire la conne qui passe, et, de l'autre, cet amour profond qu'ils ne cessent d'éprouver pour la madone qui reste. Suivant ton exemple, chère Anne, les cocues ivres de rage pourraient bien se transformer en déesses de l'amour branché : tu annonces une nouvelle ère, durant laquelle on ne nous obligera plus à croire qu'une seule et même paire de nibards peut embraser nos corps jusqu'à la fin de nos jours (rassure-toi, chienne de garde, je ne me fais guère plus d'illusions sur l'effet produit à long terme par la navrante excroissance qui pendouille entre nos cuisses). Non ! Anne n'est pas le modèle désuet de la soumise aux yeux fermés (comme le vocifère ma marraine adorée – la féministe Gisèle Halimi – que je préfère en tête à tête à déjeuner qu'en tête à claques sur iTélé), au contraire Anne Sinclair n'est-elle pas l'avenir de nous tous : l'amitié dans l'amour, les « a » minuscules servant de circonflexe au grand « A » du verbe « aimer », la preuve que, dans un monde adulte, le pluriel anecdotique ne doit pas forcément froisser le singulier sacré.

Vendredi. L'imprésario de Tristane Banon (qui se fait passer pour sa mère) lui souffle un « J'accuse DSK » – dont le style juvénile rappelle davantage Anna Gavalda que l'auteur de *Germinal*.

Qu'elle ait été brutalisée ou non par celui qu'on dépeint désormais comme un malade mental, cette romancière convalescente est moins bonne que Torreton dans les rôles de victimes. Tant d'années de préparation avant la scène des larmes ! J'en profite pour implorer Tristane d'arrêter de me citer dans la presse comme son « meilleur ami ». Du peu que je m'en souvienne (il était tard dans mon whisky), je ne l'ai croisée qu'une fois, dans un troquet mondain, et ce fut un peu court pour parler d'une symbiose ! Elle a juste eu le temps d'évoquer ses projets, qui sont restés muets, son poste à la rubrique des faits divers l'empêchant sans doute de squatter les pages culture. Dommage. Tristane, fragile Tristane, retardataire lacrymale : puisque à te lire nous sommes désormais comme les deux doigts de la main, permets-moi de te rappeler que la justice fonctionne. Elle te paraît sans doute trop lente, mais, vu les huit années qu'il t'a fallu pour porter plainte, je t'invite aujourd'hui à davantage de modestie. Conseil de bon copain : euthanasie ta mère et termine ton bouquin*.

23 septembre 2011

---

* *Le lendemain de la parution de cette chronique, coup de fil vociférant de la Tristane en question. Elle est blessée, une fois de plus, une fois de trop (dit-elle) et jure sur ses sanglots n'avoir jamais parlé publiquement de notre « relation ». La jeune femme, épuisée, incapable de manger, ne peut que m'émouvoir. Fût-elle maso, mytho, incomprise ou diabolique, elle a l'âge de ma petite sœur et tous les médias sur la peau du dos. « C'est ma mère, me dit-elle, qui parle de toi dans les journaux. » Je critique aussitôt sa mère. Elle répond : « C'est ma mère »... pour que je ne réponde rien. Au final, je m'excuse. Je ne sais même plus pourquoi, mais je m'excuse, comme je m'excuse toujours auprès de ceux que j'ai fait pleurer. Écrire sur l'actualité, quand on n'a pas bouffé son cœur, c'est un métier de bourreau désolé. Dans un premier temps, le stylo à la main, on pense au lecteur, on sourit à sa place. Puis, le lendemain du crime, on pense à la cible, celle qui nous lit dans les toilettes, qu'on abîme pour un bon mot ou une brève analyse qui – pendant cinq secondes – nous parut lumineuse, alors on compatit soudain, avant de passer gaiement à la victime suivante. Bref, on lave son couteau en tranchant une nouvelle tête. Sauf que, cette fois, Tristane ressasse et insiste, elle m'envoie son livre, puis plusieurs textos qu'elle écrit comme son livre, par bribes, impulsions et sanglots. Elle me dit, pêle-mêle : « Ce sont des porcs, des chiens, toi comme eux, mais pas toi, parce que toi, tu me fais rire, parfois, l'un des seuls qui me fasse rire. Alors n'écris pas ça, pas toi. Ne sois pas contre moi. Au fond, tu es libre, c'est*

ce qui plaît, mais pourquoi m'as-tu fait ça ? Si même toi tu t'y mets, il ne reste plus rien. Excepté mon chien. Il ne me reste que lui. C'est un prince. Fais ce que tu veux. Mais ne le fais pas. Essaie. Non. Oui. » Sur ce, je relis son livre, faible objet littéraire mais passionnant témoignage d'une bête traquée par les télés, les JT, les canards et les connards. Page 23, elle retranscrit une série de textos que les sniffeurs de bonnes audiences lui ont envoyés, telles des fleurs empoisonnées : « Tristane, venez témoigner dans mon émission, je vous jure de vous recevoir amicalement, on peut même convenir ensemble des questions » (une star de TF1) ; « Si vous nous réservez une interview exclusive le jour même de votre dépôt de plainte, soyez certaine que nous orienterons le sujet en votre faveur » (un boss d'M6), etc. Une fois le scoop de la plainte passé, évidemment les vautours se sont fait la malle, la laissant dans son silence, face à son assiette vide comme une affaire classée. Ils l'ont zappée, comme je l'ai zappée. Un soir, pris d'un remords soudain, j'avais dit à ma petite amie : « Elle me touche cette fille, aucune preuve de sa bonne foi ni de ses bonnes intentions, elle fait du mal à Anne Sinclair (que j'aime), mais vu l'horreur qui s'abat sur son front, j'ai bien envie de lui payer une bière et une salade gourmande dans le troquet d'en face, si ce n'est par compassion, ne serait-ce que par curiosité, miséricorde générationnelle, rien que pour les faire chier, et pour la voir manger. » Aussitôt, ma chérie, dont le cœur n'est pourtant pas plus gelé que le tien, avait hurlé : « Ne fais pas ça. C'est très mauvais pour toi. Ne te mélange pas à cette tambouille fétide. Moi non plus, je n'aimerais pas être à sa place, mais je ne m'y mettrai jamais. » J'ai répondu : « Je ferai ce que je veux » et j'ai fait ce qu'elle voulait. La vérité : je ne peux pas être à la fois le filleul goy d'Anne Sinclair et le chaperon de Tristane Banon. Shakespearien ? Non, parisien.

Ils t'aiment, toi non plus

Mardi. De retour à Paris. Ma petite amie qui, l'an dernier, remuait de la queue quand je revenais d'un voyage de quinze minutes dans la pièce d'à côté, m'accueille comme une mauvaise nouvelle. Cette nuit, sous nos draps sibériens, la rancune a beau ronfler comme une truie, elle ne réussit point à réveiller le désir. Je le regarde qui pionce dans son petit coin, à peine bercé par mon orgueil.

Jeudi. Premier débat des primaires socialistes. Ils sont là, devant toi. Tous les six. Devant toi et « pour » toi. Maquillés de l'intérieur, cravatés pour les uns, givenchysées pour les deux autres. Ils se pressent dans ton salon, leur Valium dans la poche et leurs formules Euro RSCG qui s'impatientent déjà au bout de leur langue de bois. Ils vont te faire la cour, le front aussi gluant que celui d'un comique chez Ruquier. Toi, le roi fainéant de notre démocratie, tu t'agrippes à ton panier et tu joues les fines bouches devant leurs légumes pas tout frais. D'ailleurs, approche, approche, profite du plan serré que te propose la Deux pour les sentir d'un peu plus près ! Lequel veux-tu tâter ? Le melon, le piment ou l'endive ? Le Hollande, la Aubry ou un jeune ? Les deux produits stars du marché ou les feuilles de salade qui squattent encore dans ton assiette ? Responsable politique ? Nom de Dieu, quel métier ! Pis que Miss Météo ! Des dizaines de diplômes pour finir à la « Star Ac » de ton appréciation. Sois fier, mon vieux, c'est toi le patron ! S'ils pouvaient traverser l'écran de ta télé pour danser sur tes genoux, te rouler un patin à coups d'analyses chocs et de promesses prudentes. Et toi tu mates, vicelard. À l'affût du tic, du tacle et du toc.

À force de slogans sans avenir, on t'a rendu méchant : tu traînes ton œil méfiant sur ces gens plus intelligents et plus compétents que tu ne le seras jamais. Tu te dis : « Tiens, si je lui donnais une chance, au p'tit Manuel Valls qui a enfin ôté son appareil dentaire ? » ou : « Si je foutais une raclée au jules d'Audrey Pulvar qui la ramène en vain. Et qu'est-ce qu'elle me chante, la Royal, cette fois-ci ? » Comme tu le savoures, ce pouvoir que tu as de changer l'ordre d'arrivée : contredire les sondages en faisant un croche-patte au *winner* annoncé. Tu regardes davantage l'enveloppe que le programme, mais tu les aimes pas trop, hein ? Avoue ! ça t'énerve qu'ils te draguent sans connaître ton prénom, qu'ils disent « les Français veulent », qu'ils évoquent « tes » impôts, « ton » pognon, « tes » gamins, ces parfaits inconnus – trop connus – qui jonglent avec les chiffres de « ton » chômage, « ta » crise, « ta » merde. Alors tu te venges comme tu peux, sur Twitter ou Facebook. D'un doigt feignant, tu tapes « Martine a l'air flippée », « Quand elle sourit, elle fait la même tête que moi quand je vomis », ou « François, cesse de maigrir », « Stop au régime Dukon » et autres haïkus de supérette qui te soulagent la bile. C'est pourtant ton avenir qui fait flipper Martine, et c'est pour plaire à ta belle-sœur que François a fait le deuil de la pizza double fromage. Mais ça t'émeut moyen : le couloir de l'Élysée passe par ta cuisine Schmidt ! Tu es le bel indifférent, le client tout-puissant du Carrefour démocrate, ce personnage insignifiant que tout le monde convoite.

Dimanche. Lui aussi. Une fois de plus, il est là, devant toi. DSK, de retour, s'exprime enfin dans la lucarne. Il a traversé l'Atlantique et les flammes de l'enfer pour te susurrer, d'une voix blanche et sincère, son slam désespéré. Le mec s'est goinfré la prison, les menottes aux poignets et le bracelet au pied. En coulisse, sa lumineuse femme de l'ombre caresse son petit tube de Prozac, ses enfants font des cauchemars rediffusés sur CNN, ses partisans lèchent la poussière, sa vie – intime et politique – est en soins palliatifs. Mais il trouve le courage de revenir dans ton salon ! D'accompagner ton verre de rouge ! C'est un réflexe qu'il a chopé à la sortie de l'acné : plus fort que les femmes, plus fort que la sienne, il y a toi, « sa » favorite ! Il te dit : « Reprends-moi, mon amour, dans ton lit d'opinion favorable. » Tout comme l'a fait Anne l'« admirable ». Voilà pourquoi il cherche désespérement les mots qui pourraient t'émouvoir, ceux qui lui blanchiraient la bite au tribunal de ta mémoire. Mais toi, tu joues avec sa honte, tes regards le dissèquent, tu te sens plus à l'aise que l'ancienne star du FMI : « Quelle tête il fait, ce soir ? » Tu comptes ses cheveux blancs, les cernes sous ses yeux à demi clos et pleinement tristes. Là, le cadreur de TF1 – ton meilleur pote de cruauté – t'offre un plan serré de ses mains : « Cool, entre deux tranches de sauciflard, je vais pouvoir me demander si les paluches à DSK ont doigté ou non la soubrette colorée et la Tristane livide. » Et la Chazal plus jeune qu'hier, elle aussi, elle t'amuse ! Elle sait que tu es là, comme un pornographe à califourchon sur ta télécommande. Elle te sait très nombreux. Elle aussi, elle te doit tout : sa beauté pugnace, ses couvertures de *Paris Match*, et même la jeunesse de son mec. « C'est moi le patron, penses-tu en terminant une bouteille de piquette. Tous autant que vous êtes : vous me devez tout ! » Pas faux : artiste, journaliste, ministre, concept, marques de baskets et coupe de cheveux, on attend notre tour dans le manège de ta cyclothymie. Tu cliques sur nos faces. Tu pokes mes piques. On te mendie un sentiment, un « oui », un « non », un « bof » que la Sofres collera demain à la une du *Parisien*. Et qu'ils liront, fébriles, comme je lis les critiques au lendemain d'une générale. Parfois tu m'énerves, je te trouve insolent. Car lorsque tu te trompes (Sarkozy, Marine La Haine, *Joséphine, ange gardien*, Tex, *Le Cœur des hommes* numéro 2), jamais tu ne t'excuses, cramponné à ton poste de fonctionnaire de l'opinion. J'aimerais dire aux candidats : « Arrêtez de le chauffer, il est à moitié sourd, son goût n'est pas si sûr, il recrache tout c'qu'il bouffe, c'est l'infidèle suprême, le plus mauvais coucheur de France ! »

Et pourtant, **vendredi**, tu me manques. Sale teigne. Surtout le vendredi soir : à l'heure exacte où Giesbert m'annonçait en fanfare, il m'arrive de regretter de m'être infligé ce ramadan télé. Ce soir, les douze coups de minuit viennent à peine de sonner à l'horloge de mon ego que soudain, moi aussi, j'ai envie de m'inviter dans ton salon Conforama, de branler péniblement tes zygomatiques, de provoquer tes « oui ! », tes « non ! », tes « il est nul, ce soir » et de sentir – au loin – tes caresses silencieuses ou tes coups de griffes tueuses. Nous sommes tes putains consentantes. On t'aime... Toi non plus.

30 septembre 2011

L'euphorie éventuelle

Lundi. Je décide d'aller visiter mon nouveau bureau au journal *Marianne*. Car j'ai beau écrire de chez moi, sur un matelas aux dimensions berlusconiennes, parmi mes chats noirs, mes nuits blanches, et les ultimes reproches de ma petite amie, ce bureau m'intrigue, et puis entre nous, vu le prix du mètre carré parisien, je ne vais pas cracher sur un lopin supplémentaire, quitte à le sous-louer à mon ami Macé-Scaron, expulsé dans la cave depuis ses audaces intertextuelles. Sur le chemin, je me surprends dans un miroir : ils ne me laisseront jamais entrer ! Tiré à quatre épingles dorées, j'ai l'air d'un pigiste au *Fig Mag*. Je pue le néolibéralisme à vingt mètres à la ronde. Alors je froisse ma chemise Hermès, je trempe mes Weston UMPistes dans la crotte encore chaude d'un épagneul syphilitique, et je me pointe devant l'immeuble. Une pancarte rose indique : « Fête au 3e étage ». Dans le hall, j'enjambe Nicolas Domenach, idole de la rédac qui, chose étrange, à 13 h 45, roupille dans son whisky devant les portes de l'ascenseur : c'est pas précisément l'idée que je me faisais d'un grand analyste politique ! Du coup, je prends les escaliers, manquant de glisser sur des gobelets à moitié vides et quelques cotillons, et je me laisse guider par un air de java populiste, subtilement revisité par Tatie Guetta (la tante à David). C'est là qu'enfin je pénètre dans une ambiance de fin de soirée (plutôt joyeuse, voire franchement dévergondée) : des stagiaires en *topless* se trémoussent sur une piste improvisée dans la salle « Jean-Jaurès ». Maurice Szafran et Laurent Neumann (les patrons) sont avachis l'un dans l'autre près d'un karaoké et massacrent du Jean Ferrat pendant que MC Jean-François Kahn, réanimé pour l'occasion, passe l'aspirateur en sirotant une bouteille de mousseux (l'équivalent socialiste du champagne).

« Que se passe-t-il, Jean-François ?

— Ah, bonjour, Nicolas. C'est à c't'heure-là que tu arrives ? T'as loupé le concert de Jean-Luc Mélenchon.

— Il chante ?

— Tout le monde a chanté... Même Ségolène ! D'ailleurs elle parle faux, mais elle chante presque juste. Martine et François ont fait les chœurs. Seule Valérie Trierweiler s'est retenue d'applaudir. Ils viennent tous de partir. J'espère qu'ils conduisent pas, parce qu'ils en tiennent une belle ! Qu'est-ce que tu bois ?

— À cette heure-là ?

— C'est plié, mon grand ! Même pas la peine de t'emmerder à gâcher du papier pour démolir Sarko. La droite est calcinée. D'ailleurs, je me demande si on va pas annuler ton contrat, tes vannes coûtent trop cher pour une partie gagnée : la gauche est en place !

— Mais c'est juste le Sénat* ! m'écrie-je.

— Oh, viens pas jouer les rabat-joie, toi ! Si tu veux faire la gueule, demande un stage au *Figaro* ! Ici, c'est l'open bar du kif jusqu'en 2017.

— Vous êtes bien sûr de vous...

— Qu'est-ce qu'il te faut de plus, jeune sclérosé ? Sarko est à moins 15, Fillon enchaîne les bourdes – il s'apprête à proposer la retraite *post mortem* ! Les valises s'accumulent dans les archives de l'Élysée, Hortefeux ferait passer *Scarface* pour *La Guerre des boutons*, ces gars-là viennent d'inventer la droite impopulaire, Carla n'est même plus sûre de vouloir accoucher, paraît qu'elle veut le garder jusqu'à la sortie des urnes, bref, c'est à peine marrant tellement c'est dans la poche ! Écris ce que tu veux, mais laisse tomber la politique, je viens de foutre le journal sur pilotage automatique, je peux te confier les pages cuisine, médias, poésie chinoise, ce que tu veux, je m'en tape la panse.

— Mais la gauche, Jean-François ! C'est vrai que la droite titube, mais...

— Quoi la gauche ? ! Qu'est-ce qu'elle peut faire de mieux ?! Depuis qu'il bouffe des clopes, Hollande s'envole, il aura bientôt l'aura de Barack Obama tout en bénéficiant de la blancheur rassembleuse de sa Normandie natale, Martine ne fait plus peur aux gosses, elle est presque devenue sympathique, ce qui est aussi miraculeux que si Drucker devenait odieux. Au final, chaque matin, je lèche une poupée à l'effigie de Nafissatou Diallo : on lui doit l'Élysée, à cette pute.

Strauss-Kahn nous aurait envoyés dans le décor, décidé qu'il était à nommer Madame Claude secrétaire générale des dortoirs de l'Élysée... Tandis qu'avec les nôtres, ils peuvent toujours fouiller : fidèles comme la trouille, blancs comme l'ennui !

— Oui, mais je pense qu'ils auraient tort d'afficher tant d'enthousiasme...

— T'inquiète, dès demain, je les envoie au Cours Florent : vont jouer à mort l'humilité, bûcher leur “non-triomphalisme”.

— Bon, ben, alors je me casse ?

— Non, va au cinéma, et signe-moi une critique. Mais ne rédige que le début, Macé-Scaron la finira, ça fait partie de sa pénitence : il écrit pour les autres ! »

Mardi. Il me faut donc pondre une critique. Sauf que j'ai pas envie d'aller au cinéma. Depuis que je me prends pour De Niro, j'en fais déjà toute la journée (acteur, c'est très long, très très chiant, très très très bien payé). Plutôt envie d'aider un premier roman. Partout, y en a que pour les vedettes – genre mon pote Beigbeder (qui roule déjà sur l'or, ce qu'il n'a pas volé) et les animaux de foire (pénible Marien Defalvard qui, à 12 ans et demi, nous étale sa culture avec autant d'obscénité que lorsque Franck Dubosc exhibe son ignorance) –, bref, j'aimerais filer ces quelques lignes à un jeune méritant dont la prose hurle dans l'ombre, sous une pile de Marc Levy. Sauf qu'ils sont trop nombreux, ces bacheliers de la Fnac ! C'est comme chercher la mère de mes futurs enfants dans une discothèque cannoise en période de festival ! Tant d'esprit et tant de chagrin derrière ses soixante-quatorze couvertures qui, bientôt, serviront comme sous-plats sur la table de leurs parents... Mes chéris, désolé, mais ça vous apprendra à pas connaître personnellement Michel Denisot (06 43 65 18 165) ou Josyane Savigneau** (Café de Flore, première table à gauche). Car, dans la vie moderne, faut se faire remarquer par autre chose que son talent, à coups de petites amies célèbres et de chroniques à la télé ! *Paris Match* est devenu l'antichambre de la Pléiade. Injuste ? Décadent ? Rassurez-vous, si la gauche reprend le pouvoir, tout va changer ! Vous en doutez ? Et moi donc !

7 octobre 2011

---

* *La gauche venait en effet de remporter la majorité au Sénat et la presse antisarkoziste jubilait à outrance.*

** *Papesse du* Monde des livres.

Politique familiale

Lundi. Entre-deux tours des primaires socialo. Déjà infoutu de choisir entre le gin et la vodka – pourvu qu'ils soient servis par un ami sincère – me voilà guère plus avancé quand il s'agit de trancher entre les six chanteurs de notre « Star Ac » socialiste. Du coup, lundi matin, je sonne chez Julien Hollande, fils cadet de François et Ségolène, afin de lui demander ce qu'il pense de tout ça. Comme je suis délicat, j'entame notre entretien par une question inoffensive.

« Dis-moi, Julien, tu préfères ta mère ou ton père ?

— Quoi ?

— Me la fais pas à l'envers : t'as bien une petite idée de la valeur de chacun ?

— Écoute, Nico...

— Vas-y, crache, j'ai un papier à rendre demain, y a au moins douze lecteurs qui attendent fébrilement mes consignes de vote. Je leur dis quoi ?

— Je sais pas, je...

— Comment ça, tu sais pas ! Hé ho, t'as plus 12 ans ! Fais pas ta flipette. C'est de la France qu'il s'agit, alors tes états d'âme de pucelle magnanime, tu peux te les coller entre les barbelés de ton appareil dentaire ! En plus, t'es le mieux placé pour m'aider à trancher dans le bifteck puisque tu passes ta vie à passer de l'un à l'autre, tu les mates en vacances, en colère, en campagne... Tu sais qui trime le plus en dehors de ma télé, qui est le plus droit, le plus à gauche, le moins gauche, le plus cool...

— J'ose pas répondre, tu sais. Dès que je dors chez papa, maman me traite de traître ou d'opportuniste. Quand il grimpe dans les sondages, je fais semblant de faire la gueule, sinon elle se met à chialer en vidant un pack de bière avant de nous jurer, à ma sœur et à moi, qu'elle va nous envoyer dans un camp fermé pour jeunes délinquants.

— Tu sais que ta mère, elle commence à m'émouvoir, je la trouvais insupportable, mais, depuis que ton père l'écrase, je la regarde se débattre avec beaucoup de tendresse.

— Moi aussi. D'autant que, si mon père passe, je peux te dire qu'elle est vouée au conseil régional jusqu'en 2050. Lui et sa nouvelle meuf, dis-toi qu'ils feront tout pour qu'elle aille planter des roses au fin fond de la Charente.

— Ils peuvent pas l'encadrer ?

— Personne peut l'encadrer. Elle est toute seule, ma mère. Parfois, la nuit, je la surprends devant la glace en train de chanter *La Marseillaise.*

— En robe de chambre ?

— Même pas. Elle souhaite se donner tout entière. Nue comme un ver. Ça me ferait vraiment plaisir qu'elle devienne présidente, je veux pas qu'elle finisse chez les dingues.

— Alors tu vas voter pour elle ?

— Non, je voterai Martine Aubry.

— Ah oui ?

— *(Il éclate en sanglots.)* J'en peux plus de la politique ! J'en peux plus de vous tous. Vous nous avez gâché la vie. On était bien, avant : le dimanche, on avalait des ortolans chez tonton Mitterrand. Papa faisait rire maman, maman faisait chier papa. Et puis vous êtes venus foutre le bordel. J'ai l'impression que vous avez enfermé mes parents dans un loft : chacun veut sortir l'autre, et c'est vous qui votez ! Pourquoi MA famille, pourquoi MES parents ?

— Tu préférerais être le fils d'un employé de France Télécom ?

— Je crois. Tout sauf les voir s'entre-tuer. Ça te plairait, à toi, si ta mère décidait de faire le Bataclan pendant que ton père brigue l'Olympia ?

— Elle aurait pu, elle est très drôle, ma mère, tu sais.

— C'est pas la question.

— T'as raison. Bon, tu sais quoi, dimanche soir, je t'emmène à Bruxelles. On va faire la bringue et draguer les petites. Là-bas y a pas de gouvernement, pas de président, pas de Premier ministre. Et ça se passe plutôt bien. Avant ça, on ira choper de la came dans un commissariat lyonnais, paraît que c'est la mieux du marché. OK ?

— J'adorerais. Mais alors je ne connaîtrai jamais le résultat ?

— Au final, tout le monde perd ! Surtout celui qui gagne. Tu connais un métier plus ingrat que président de la Gaule ? Mitterrand fait abolir la peine de mort et autorise les radios libres, mais on ne retient de lui qu'un Machiavel polygame vichyste. Chirac est passé pour un con alcoolique libidineux pendant ses deux mandats, avant que son cerveau se transforme vraiment en purée mousseline. Quant à Sarkozy, suffit d'acheter *Marianne* pour prendre la mesure du calvaire ! Non, rassure-toi, mon grand, ta mère est encore belle, plus compétente qu'on le dit, et m'est avis que – même très loin du bagne élyséen – la France lui réserve encore un demi-ministère. »

Il a ramassé son chagrin et j'ai pris dans mes bras cet orphelin de l'harmonie familiale, ce sans-papiers de la vie privée. À dimanche, mon Julien.

Mardi. La violence d'une campagne, la tragédie présidentielle, tout ça, Borloo l'a bien pigé, fuyant comme une biche la partie de chasse électorale. De la même manière que j'ai – provisoirement – déserté la télé, laissant lâchement Yann Barthès, Pulvar et Polony encaisser les tweets qui tuent, blogs qui tapent et vestes retournées. Sauf que mon renoncement de starlette n'a fait chialer que mon banquier (et un milliard d'intellos plantureuses qui ne savent plus quoi regarder). Je ne fous personne au chômage ! Mais le Borloo qui jette l'éponge, ça m'oblige à appeler Rama Yade.

« Coucou, ma belle.

— C'est qui ?

— Alors, que vas-tu faire de ton arrivisme, à présent ?

— Comment ?!

— À qui vont désormais servir tes belles dents longues et ta langue en bois d'ébène ?

— À bouffer ta grande gueule d'enculé.

— Tu vas rejoindre Dati, Amara et tous les gadgets sarkozystes dans la grande poubelle de la discrimination positive ?

— Je ne vaux pas mieux que ça ?

— Qu'Amara ? Franchement ? Non. Si tu m'autorises un avis (c'est ma page, je fais ce que je veux), tu n'as jamais rien dit, rien fait, qui me semble courageux, cohérent et nécessaire. Défendre les droits de l'homme chez Sarko ? Pourquoi pas vendre des Alcootest dans un bar breton. [Elle a raccroché.] »

À cette fausse rebelle et vraie charmeuse, je souhaite bon courage... dans le secteur privé.

Samedi. Demain, allez voter. Je balancerai les noms de tous ceux qui préféreront cuver devant Michel Drucker. D'autant qu'il reçoit Jordy et Nana Mouskouri. Je soupçonne mon Michel d'avoir fait son casting par civisme. Question con : il est de gauche ou de droite, Drucker ? Il est au-dessus ? En dessous ? Je crois qu'il vote surtout pour les programmes de France 2. Drucker. Cher Drucker. Je l'ai vu terminer un rire provoqué par Bedos père dans une chanson de Sardou. Défendre Sarkozy en souriant à mes conneries. On me demande souvent si c'est un vrai ou un faux gentil. Je m'en fous : Peter Falk ne fut jamais inspecteur de police, mais je ne me lasse pas de regarder *Colombo.* Et puis un type faussement gentil du matin jusqu'au soir ne fait de mal à personne. Alors j'aimerais que Michel Drucker reste faussement gentil le plus longtemps possible, qu'un jour il lance la carrière de mon fils en lui disant : « Papa doit être fier... »

14 octobre 2011

Le scoop

Dimanche. Carla Bruni est mûre pour pondre son premier œuf de souche conservatrice, mais la gestation s'éternise. On poireaute, refoulés par les vigiles de la Clinique de la Muette – qui porte bien son nom. L'hiver nous est tombé sur la gueule tel un 21 avril du froid. Les journalistes congèlent, les caméras givrent et *Paris Match* rumine sa une comme je mâche cette chronique : toujours pas un areu pour sauver la droite de la primaire et des affaires. Du coup, en Zorro des médias, je décide de sortir moi-même du silence cet embryon récalcitrant ! Je me déguise alors en infirmier guadeloupéen, contrariant ma nature aussi nerveuse qu'antipathique. Et c'est à pas feutrés que je m'introduis dans la chambre où l'ex-top model de gauche s'est métamorphosé en baleine de droite. Elle dort, poussant la décadence jusqu'au ronflement. Je sors alors mon instrument : un capteur de pensées prénatales inventé par Steve Jobs juste avant de clamser. J'ai branché l'iBaby sur le ventre de sa mère et j'ai recueilli – en exclusivité – le premier entretien de Kevin Sarkozy.

« Alors, Kevin, qu'est-ce que tu fous ?

— D'abord, combien tu proposes, toi ? Les chiens ne font pas des pigeons : *Gala* me promet 600 000 euros pour publier mon premier vomissement et *Voici* propose le double pour afficher les restes de mon cordon ombilical...

— Je te promets de revenir quand tu seras adolescent et de te présenter toutes les plus torrides créatures parisiennes : avec le nom que tu vas porter, t'auras besoin de moi si tu veux pas finir reclus dans une geôle des Hauts-de-Seine.

— Vendu.

— Bon, tu sors quand ?

— J'hésite. Maman a choisi le pire moment. Je m'apprête à naître dans une ambiance d'enterrement : mon premier hoquet coïncide avec la gamelle de papa à l'élection présidentielle. Du coup, maman – qui a pris l'habitude d'écrire le roman de sa vie en trempant sa plume dans le cœur des grands de ce monde – va le quitter pour Tim Cook, le nouveau patron d'Apple. Sauf qu'avec la crise, la fameuse pomme croquée sera bientôt digérée par une start-up chinoise. J'ai bien peur de finir à Taiwan, en pièces détachées.

— Et ton père ?

— Mon père ? Ne crions pas victoire. Encore faut-il que je résiste aux vingt-deux tests de paternité qu'il vient de commander.

— Il se méfie ?

— Pas toi ? J'adore maman, mais les éditions

Larousse s'apprêtent quand même à publier son tableau de chasse en six volumes ! À l'heure où je te parle, je ne sais toujours pas si je suis noir, jaune, doué pour la guitare, les maths ou le football. L'idéal serait bien sûr que je sois jaune et doué pour la finance. Je croise les doigts (enfin j'essaie).

— Tu sais que tout le monde t'attend ?

— M'en fous. J'ai rien demandé. En plus t'as vu le temps qu'il fait dans votre pays de pisse-froid ? Ici, je suis bien au chaud : je traîne à poil toute la journée, j'écoute la BO des battements de son cœur, parfois je fais une sieste sur l'oreiller de son foie, je bronze près de l'estomac, en fumant le placenta. Tant qu'elle chante pas, c'est les vacances ! D'autant qu'une fois dehors, avec les réformes de papa, je sais que je vais devoir trimer jusqu'à 75 piges. Laisse-moi en profiter.

— Bonnes vacances, Kevin.

— Merci. Je checke l'enfance et je reviens vers toi. »

Mercredi. Un ami comédien (dont je tairai le nom) sort un petit film muet dans l'indifférence générale. Et me demande d'en faire la pub, littéralement désespéré à l'idée de devoir bientôt pointer au cimetière des intermittents. Comme c'est un type assez gentil pour avoir supporté mes treize dépressions successives – je vais bien dix minutes par an, souvent à l'occasion d'une anesthésie générale (la dernière fois c'était pour l'extraction de mes dents de sagesse) ; bref, comme mon ami m'encouragea lorsque j'étais décourageant, je lui dois bien trois compliments.

Je m'adresse donc à toi, fidèle lecteur antilibéral :

je t'en supplie, oublie toutes les critiques assassines qui s'abattent sur *The Artist*, rognure filmique qui n'a même pas eu la décence de se payer des couleurs et un dialoguiste ; par pitié, pardonne donc à Jean D. son manque flagrant de charme et d'élégance ; ne te laisse pas décourager par la photo cradingue de Guillaume Schiffman et la mise en scène inique de Michel Hazanavicius, deux obscurs tâcherons du septième art dont c'est sans doute le dernier film. Bien sûr, chacun sait que le visage de Bérénice Bejo est le plus répugnant d'Europe, sa laideur congénitale lui ayant permis de concourir au handifestival de Cagnes, mais est-ce une raison suffisante pour enterrer ce projet ô combien téméraire qui t'offrira la satisfaction d'être le seul à l'avoir vu ? Dans ce monde de moutons de Panurge, le non-conformisme n'a pas de prix. Alors, prends sur toi, pense à mon pote, à ses pensions alimentaires, au mépris de sa femme (qui le regarde enchaîner bide sur bide), et surtout pense à moi, qui vais devoir l'entendre gémir tous les vendredis soir, lorsque nous nous retrouvons dans le carré VIP du Campanile de Brive-sur-Yvette. Toi et moi, main dans la main, sauvons Jean Dujardin, il en a tant besoin.

Jeudi. Petit coup de cafard... entre deux crises d'épilepsie et une bouffée d'angoisse. Alors, afin de me remonter le moral, je me rappelle – en boucle – la face d'aigri de Jean-François Copé sur le plateau du qu'il-est-beau Delahousse, au soir du succès de la primaire socialiste.

Copé était là, seul contre tous (et l'évidence d'une soirée fort joyeuse). Minimisant les chiffres qui venaient de lui péter deux incisives. Pas facile de sourire. Pourtant, il essaie, l'obstiné ! Forçant la décontraction. L'ego inoxydable. Monsieur Je-sais-tout, Je-veux-tout, J'assume-tout. Sauf que l'œil dit : « Fais chier ! » Une partie de sa tronche le dénonce : les affaires, les sondages, Juppé qui renaît de ses cendres chiraquiennes. Les yeux de l'ambitieux Copé sont bleus comme la piscine de son pote Takieddine. Et ce soir, aucun chlore ne suffira à les désinfecter ! Bref, vous l'avouer me fait rougir, mais, entre nous, quand Jean-François Copé va mal... je vais mieux.

21 octobre 2011

Coming out

Lundi. Ceux qui, depuis septembre, suivent avec intérêt mon journal mythomane l'auront sans doute noté : une semaine sur deux, je délaisse la blagouille graveleuse pour te parler d'une voix grave, troquant mon braquemart drolatique contre une demi-molle philosophe. Un coup, je délire sur les rondeurs d'une première dame (qui n'est vraiment pas la dernière), un coup, je pontifie à la façon d'un Mauriac prépubère, brièvement dépouillé du ricanement canalplusien. Cette semaine, c'est la mauvaise (ou la bonne, selon que tu es instituteur frigide en manque de premier degré démondialiste ou cancre dépressif ivre du tout-dérisoire). Bref, lundi : soyons sérieux. Va falloir le soutenir. Ce sera lui ! François Hollande. Chiale pas, c'est comme ça. Trêve de louvoiement : cette année, je suis de gauche ! Ça fait du bien de lâcher ce secret mieux gardé que la Clinique de la Muette. Je vais enfin pouvoir me regarder dans la glace des toilettes de *Marianne*, être réinvité chez mes parents et tourner des films avec Agnès Jaoui et Benjamin Biolay (*L'Art de la fugue,* sortie prévue en 2012).

Mardi. Pourquoi suis-je de gauche cette année ? 1) Parce que la gauche cartonne ! Fayot jusqu'au nombril, je n'ai aucune envie de devoir contourner l'Élysée chaque fois que je me rends chez Drucker ! Paraît qu'on y mange bien, sous la droite dure comme sous la gauche flasque (le chef cuisinier ayant autant de conviction qu'Éric Besson), les canapés sont confortables, on y tripotera bientôt de l'intello féministe en manque de machisme, on y croisera tout le gratin humaniste, bref, c'est très bon pour mes affaires. Je serai joué au Théâtre du Rond-Point, puisque Jean-Michel Ribes a déjà loué sa chambre – qu'il partagera avec Pierre Arditi et Josiane Balasko, ce qui obligera enfin Christian Clavier à chercher une piaule dans un motel de Saint-Tropez. 2) Franchement, qui voudrait reconduire cette brochette de bras cassés et de têtes à gnons, tous ces excités de la gâchette discriminatoire et autres analphabètes du cœur ? Guaino, Morano et Copé (je ne le lâcherai pas, seule une rupture d'anévrisme me rendrait indulgent), ces Dalton du Fouquet's ont fait plus de bien à François Hollande que toute la rue de Solférino ! Beaucoup plus que Martine, en tout cas, qui – dimanche – est passée sans transition du coup de griffes au coup de langue, arborant un sourire aussi crédible que Franck Dubosc dans *Othello.* Bref, Sarkozy, n'en déplaise à *Marianne,* n'est peut-être pas le baltringue lepénisant que l'on décrit souvent, mais, à côté d'Ayrault, Montebourg, Moscovici et même Ségo, son équipe de faux derches mérite vraiment son triple Z ! Dehors, la surenchère antiroms, antiprimaire primaire, anti-seconde-chance-pour-petit-chapardeur-sous-ecsta-frelaté, les anti-j'ai-pas-de-bol, pas de piston, pas de relations ! Les je-sais-tout, je défends les copains, quant à toi, misérable, bosse davantage et ferme ta gueule (pauv'con). Dehors ! (Si j'étais à la télé, mon dernier « Dehors ! » aurait fait trembler les murs de France Télévisions.)

Sauf que, **mercredi**, soyons franc : François Hollande n'est pas le cravateux le plus sexy de l'Assemblée. Ma petite amie – dont la beauté n'a d'égale que l'ignorance – ne s'est-elle pas écriée en constatant mon enthousiasme :

« Putain de merde, va falloir que je le kiffe, lui ?

— Ben oui, chérie, tu ranges ton esthétisme frivole, tes critères de *Marie-Claire*, et tu suis poliment ton chroniqueur soudain de gauche jusqu'au perron du pouvoir ! Oui, il est mou du genou, du cou, du verbe, oui, il revient de loin (des années de tricot à la tête du PS), mais, nom d'un cul, mon ange, il sera pas tout seul ! Montebourg a explosé son score (et les limites de l'arrogance) : je le vois bien en Villepin socialo des Affaires étrangères, prêt à claquer le beignet des Bush et Netanyahou de demain. Il est pas beau, Montebourg ?

— Si, si, un peu bourée, je me laisse tenter.

— Ah ben, tu vois. Et Ségolène ? À côté de Morano, c'est à la fois Romy Schneider et Simone de Beauvoir ! Oublie donc l'ancien gros, mon amour, pense plutôt à toutes les blattes dont Flanby nous débarrasse. Je te présenterai sa femme, Valérie, vous direz du mal de nous dans les jardins du palais.

— Nicolas, tu peux arrêter de me faire passer pour une truffe dans le journal ? Le plaisir que tu prends à singer les bourrins est en soi misogyne.

— T'as raison. Qu'est-ce qu'on mange ? »

Jeudi. Ce jeudi est un mensonge, puisque le patron de *Marianne* m'oblige à rendre ma copie dès le mercredi soir, me forçant à lire l'avenir dans ma couille gauche. Du coup, jeudi, Carla Bruni a mis au monde des triplés sarkozystes, une livraison inespérée pour cette presque ménopausée qui justifie ainsi une bidoche aussi ostentatoire qu'un slip de Rocco Siffredi. Nadine, Rachida et Brice sont nés à 2 heures du matin. Claude Guéant a aussitôt procédé à un test de « délinquance précoce » sur l'inconscient des trois bambins. C'est pourquoi, vendredi, la petite Rachida a été noyée dans la Seine, trois pensées suicidaires et une envie de piratage sur Internet ayant été préalablement détectées au sous-sol de son âme. Je promets aux deux rescapés un avenir brillant (le cartel des Hauts-de-Seine ?), et ce, en dépit du fait que le petit Brice soit né entièrement noir, réminiscence génétique d'une virée de Carla avec MC Solaar.

Dimanche. En lisant mon jeudi, tu constateras que je n'ai pu m'empêcher de charrier une fois de plus cette maman dont le seul crime à ce jour – outre ses trois albums – est d'avoir associé son destin à celui d'un président qu'en chroniqueur soudain de gauche j'ai décidé de combattre ! Si seulement c'est à Hollande qu'elle avait fait du pied chez Séguéla (hypothèse plausible, vu qu'il invite tout le monde), j'en dirais le plus grand bien, soulignant son charme (évident), la douceur de sa voix (poussive) et l'hétéroclisme triomphant de son passif sentimental. Sauf que la guerre est déclarée : à nous deux, l'Élysée !

28 octobre 2011

Révolte(s)

Lundi. Bali me manque, mon pote ! Avec son hindouisme – aussi pratique qu'un essuie-tout métaphysique – qui rend les miséreux hilares (« M'en fous d'être berné dans cette vie, pensent-ils, puisque, en priant Shiva, je me réveillerai bientôt dans la peau d'un ministre véreux ou d'une sauterelle érotomane »). Direction Roissy : j'y retourne ! Loin des agences de notation (me font pitié, à moi, ces ministres bac + 30 qui révisent leur copie comme des cancres). Vive ce palace pas cher cerné par des pauvres, certes, mais blindé de couchers de soleil ! Dans les airs, j'y repense : sur le plan médiatico-politico-sexuel, Paris me laissait aussi froid qu'une vieille actrice porno à la fin d'un gang bang (je précise au lecteur en bas âge qu'un gang bang est un délire féministe dans lequel des types – conscients de leur insuffisance – doivent s'y mettre à vingt-deux pour décevoir une reine). Bref, du sommet de mon arrogance, ras le bol des trois boîtes à la mode de l'année dernière, qui se battent en duel à coups de mojitos mal dosés, de stars éjectables (donc terrorisées, donc humbles, donc pas stars) et de gamines ménopausées du cœur ; ras le fion des querelles de famille devant un coffre-fort (Bettencourt alzhei-mère contre sa fille, Dati contre Fillon, sans parler du fils Dessange qui mérite un shampooing du cerveau), ras le bol de DSK qui trempe sa nouille dans trois affaires par jour, des clashs en toc à la télé et des Goncourt arrangés par une brochette de Beigbeder (sans l'humour de Beigbeder). Bref, lundi, ras la betterave ! À peine vous annonçais-je – trois cuites plus tôt – mon éruption de gauchisme – sur le tard de ma lâcheté – que Ségolène Royal me donne envie de voter aux cantonales de Jakarta ! Mais quel boulet, celle-là ! Avant même de gagner, elle envisage dès aujourd'hui la présidence de l'Assemblée. Pauvre François Hollande, qui l'a déjà virée de son lit (et qui se la traîne depuis) : il doit avoir des envies de meurtre, avec couteau de cuisine, tisonnier dans l'œil et virus Ébola. Ségolène schizophrène, c'est notre Glenn Close à nous, quoi, notre liaison fatale : drogués par son audace, on l'a baisée un petit week-end (et encore, du bout des lèvres), et voilà que six ans plus tard, elle squatte encore la salle de bains ? Mettez donc un videur à l'entrée de ses ambitions ! Un digicode de la décence ! À peine a-t-elle séché ses larmes de son four aux primaires (des larmes « plus belle la vie » qui m'avaient presque ému... manque de bol, elle aussi), à peine a-t-elle compris que 83 % de la gauche réclamait son silence... qu'elle mendie un perchoir ?

Mais t'es déjà perchée, connasse ! Éternelle candidate, en campagne depuis sept ans (c'est-à-dire à Paris sur le plateau de Claire Chazal) : c'est comme si un acteur passait six ans à minauder au « Grand Journal » de Denisot sans jamais jouer la pièce qu'il est venu nous vendre. Merde ! Va pas me foirer mon retour à l'Élysée de dans six mois, cette cruche ! Cinq ans que je poireaute devant le portail. Je le veux, moi aussi, mon 10 mai 1981 ! Sauf qu'avant de sabrer le champagne (et la tête de Ségo)... On avait dit « humilité », « prudence » et « solidarité » : en gros, on avait dit l'inverse de Jean-François Copé. C'était pourtant bien parti avec Flanby qui perd 18 kilos et gagne 45 points d'avance, mais voilà que son ex-femme, en guise de pension alimentaire, lui pompe sa popularité ! Courage, mes amis (François, Martine, Manuel et Arnaud), vous avez bien bossé, alors, faites-moi confiance, dès que je rentre de Bali, je la coule par accident dans le port de Marseille. Voilà un lundi nuancé.

Mardi. Dieu soit loué (ce vendu), Kadhafi a été maîtrisé – une bande de rêveurs démocrates l'ayant sobrement découpé en tranches de foie gras. Ça, c'est le principe de la révolution : on commence façon Spielberg mais on termine toujours par du Tarantino. D'ailleurs, je nous revois encore chanter en chœur avec les printaniers tunisiens, puis libyens, puis égyptiens, persuadés que nous étions qu'ils rêvaient enfin de partager NOTRE idéal : c'est-à-dire nos Big Mac, nos partouzes au Carlton, nos minijupes et maxicuisses de facebookeuses siliconées. Ah, on s'attendait pas à ce que, six mois plus tard, la tyrannie d'un fou de lui-même cède ses palais aux fous d'Allah ! L'ethnocentrisme en bandoulière, on se reconnaissait tellement dans leur « indignation » qu'on a fini par oublier qu'il s'agissait – ni plus ni moins – d'une belle bande de bougnoules ! Démocrates, certes, mais arabes. Ce qui frise l'oxymoron. Les Libyens vont désormais pouvoir démocratiquement voiler leurs moukères (pas plus de huit chacun, les gars), tabasser leurs gamines et lapider les infidèles. D'ailleurs, la démocratie, ici comme ailleurs, en Islamie comme en Sarkozye, n'est-ce pas subir la connerie crasse d'une majorité de cons ?

Plus sérieusement, mon cher lecteur, toi qui, lisant *Marianne*, ne conçois pas que ta femme – fût-elle plusieurs – doive porter la burqa chaque fois que tu l'obliges à sortir les poubelles, rassure-toi, cher progressiste, c'est une affaire de temps : après le printemps arabe (qui vient de déboucher sur l'hiver misogyne), nous vivrons bientôt l'été des femmes d'Arabes ! Et alors là, crois-moi, ce sera vraiment sanglant !

Jeudi. Sarkozy va parler. Enfin. Après des mois de diète logorrhéique. Le monde tremble : comment va-t-il sauver l'euro, bras dessus, bras dessous avec sa chancelante chancelière – qu'il voit plus que son bébé, trouvant le moyen de rester impopulaire tout en menant une vraie vie de merde. À 20 heures (chez vous), je me suis donc installé devant le poste, comme tout le monde. J'ai débouché un château-margaux

1984, comme personne. Et j'ai maté (avec toute l'attention dont un psychotique suicidaire est capable) un doc animalier diffusé sur France 27, une nouvelle chaîne ciblant les homos juifs centristes passionnés par la faune tropicale. Le discours de Sarkozy ? Je lirai *Marianne* samedi. En chinois. À Bali.

4 novembre 2011

Séparation

Lundi. Retour en France. Pom, ma fiancée, m'accueille comme elle m'a quitté : en me faisant admirablement bien la tronche. Il me faut plonger dans les archives photo de mon iPhone pour me remémorer nos instants d'harmonie. Depuis quelques semaines, chaque fois qu'elle attrape son sac, j'ai l'impression qu'elle fait ses valises. Et on ne vit même pas ensemble. Déjà qu'elle me déteste à mi-temps ! Entre deux de ses silences, je m'informe de l'actualité. Résultat : une heure plus tard, la langue pendante et le cerveau ankylosé, je me traîne comme une fiente dans le bureau de Laurent Neumann, le patron de *Marianne*.

« Quel bon vent t'amène ? me demande-t-il, tout en matant la croupe dansante de sa nouvelle Sénégalaise d'origine secrétaire (il en épuise trois par semaine).

— Laurent, lui dis-je en larmes, je te présente ma démission !

— Ah bon ? Pourquoi ?

— Parce que j'y comprends rien ! Je ne suis pas un voleur, moi, et je refuse d'être payé pour commenter des événements dont la complexité balance des gifles à mon QI : rien qu'en lisant les titres – essentiellement économiques – j'ai soudain l'œil aussi vif que celui de Mireille Mathieu interviewant Michel Houellebecq. Nom d'un cul lyonnais, toutes ces fluctuations de marchés (désormais plus capricieux qu'Isabelle Adjani), les conséquences possibles d'un référendum grec sur le prix des Pepito que je trempe chaque matin dans mon whisky-soda (déjà taxé depuis un mois) : Laurent, je pige que dalle !

— Qu'est-ce que tu comprends pas ?

— Tout ! D'abord, depuis quand les Grecs ont-ils de l'importance pour nous ? Excepté Socrate, Platon et quelques fiottes en toge... Je les croyais insignifiants, persuadés que leur croissance serait toujours dopée par les tubes de gel intime, ecstasys et capotes à la fraise vendus comme des hosties dans les afters de Mykonos ! Mais voilà qu'aujourd'hui nos programmes politiques – de gauche comme de droite – semblent pendus aux lèvres de Papandréou, un homme que je ne saurais même pas épeler ! Qu'est-ce que c'est que ce bordel ? Même le journal *Le Parisien* – qui se lisait autrefois avec autant de facilité qu'on écoutait une chanson de Barbelivien – nécessite à présent dix ans d'acné à Sciences-Po ! Non, non, Laurent, c'est décidé, je patauge dans la semoule, te déclarant avec franchise mon haut niveau d'incompétence. Je fais mes cartons et je vous quitte pour *L'Équipe*...

— *L'Équipe ?!*

— Oui ! Je préfère encore commenter un tournoi

de ping-pong à Roubaix que de me fouler le lobe frontal devant la sitcom lynchéenne des finances européennes. Montebourg dit : tout va bien. Hollande dit : l'heure est grave. Même les experts s'engueulent. Quant à Sarkozy, il passe carrément ses nuits sous la jupe de Merkel. Bientôt, la petite Giulia, dès qu'elle saura parler, le dénoncera à la Dass pour désertion de paternité ! C'est décidé, je lâche l'affaire. Jusqu'ici, c'était marrant : en humble satiriste planqué derrière mon porte-mine Montblanc, je faisais presque la blague, reniflant les enflures à coups de gauchisme libertaire (pas besoin de faire l'ENA pour piger l'immondice d'une bafouille de Claude Guéant). Mais, aujourd'hui, j'expire : c'est beaucoup trop scientifique pour un ancien poète. Moi, je veux bien parler culture, immigration ou religion, mais vos histoires de "système monétaire multipolaire" et de "convertibilité des monnaies utilisées à des fins d'investissement", ça me donne presque envie d'aller revoir *Tintin* !

— Calme-toi, Nicolas. Tout ça n'est pas si compliqué. Avant de prendre ta décision, je t'offre un stage chez Jacques Julliard : la star de l'édito, le Grand Schtroumpf du journal. »

C'est ainsi que... mardi, à 8 heures du matin, je sonne chez Jacques Julliard. Je l'entends qui s'approche, reconnaissant tout de suite le grincement amical de son fauteuil roulant.

« Entrez vite, me dit-il, le cours a commencé ! »

En pénétrant dans son salon – aménagé en salle de classe –, je découvre avec stupeur l'ami Stéphane

Guillon. Le regard concentré sur son cahier Clairefontaine, il tripote une gomme Mickey qu'il vient juste de chourer à Nicolas Canteloup, lui-même lâchement planqué derrière Laurent Gerra. Dans une ambiance de pensionnat gaulliste, j'aperçois Jean-Pierre Pernaut qui, lui, ne se cache même plus pour copier par-dessus l'épaule du petit Jean-Michel Aphatie ! Je comprends aussitôt qu'on est tous à la ramasse ! Cancres médiatisés, ignares de l'humorisme ou journaleux largués, nous voilà contraints par la crise aux cours de rattrapage ! Le professeur Julliard, pédagogue scrupuleux, a remonté le cours de l'histoire jusqu'à la guerre du feu. Guillon a ronflé comme un porc durant tout le passage sur le troc égyptien, Canteloup s'est mis à convulser d'ennui en plein milieu de la leçon sur les instances de l'OMC, pendant que David Pujadas (qui venait de débarquer) dessinait des bites sur l'agenda d'Audrey Pulvar. Mais sachez que moi, fier comme personne, j'ai tenu jusqu'au bout, puisant dans ma curiosité (et mes 6 grammes de cocaïne). Du coup, mon cher lecteur, maintenant que je suis instruit, je peux te dire ceci en guise de prophétie : « On est grave dans la merde. »

Mercredi. À l'inverse des esclaves chroniqueurs, les artistes français peuvent maintenant s'affranchir de toute éducation ! Y a qu'à voir le succès de l'excellent *Polisse* (déjà plus de 1 million d'entrées), filmé par la jolie Maïwenn (qui parle à peine français) et brillamment interprété par mon ami JoeyStarr (qui, jusqu'à présent, a plus souvent fréquenté le parloir de

Fleury-Mérogis que le Cours Florent). Peu importe ! On filme et on joue à l'instinct, au pif, avec du chien. Finis, les dialogues policés par Jean-Loup Dabadie et les story-boards nickel : la mode est aux claques dans ta gueule, impro, larmes volées et situations réelles pour vedettes désorientées. Le talent n'a pas de diplôme, et on lève son césar à la mort des verbeux de la Femis (ceux qui pensaient – comme moi – qu'on ne pouvait chier son premier film avant de s'être goinfré Truffaut, Ozu, Scorsese et Cassavetes !). Je me suis encore foulé pour rien. Du coup, toi, jeune lecteur qui me lit – entre deux branlettes bâclées –, tu sais donc à présent ce qu'il te reste à faire : vu que le chômage explose et que les diplômes ne valent pas cher, achète une caméra et filme ton désespoir ! Il y a assez peu de chances pour que tu aies le talent de Maïwenn. Mais, dans ce monde barbare, il y a assez peu de chances tout court. Alors fonce !

Jeudi. D'un commun désaccord, mon amoureuse et moi allons tenter de ne plus nous amourer. Enfin, je pense qu'on va continuer quelque temps, mais sans se le dire. De loin. J'ai peur. Le principe – MONSTRUEUX – de la séparation, c'est de ne plus voir assez quelqu'un qu'on voyait trop. J'ai peur. Pourtant, elle m'a rendu son double des clefs au moment même où je m'apprêtais à changer la serrure. Il est rare que la passion soit aussi synchrone que le rejet.

Vendredi. Comme prévu, aucune nouvelle de Pom. Si ça continue comme ça, on va devenir des ex.

Samedi. Tiens, aucune nouvelle. Par solidarité, je n'en donne pas non plus. Elle va entendre de quel silence je suis moi-même capable !

Dimanche. Je pense de plus en plus à la remplacer par des cours de guitare. L'achat d'une télé est également envisageable.

Lundi. Elle pleure. Je pleure. On se manque. Mais on se retient. C'est un concours de chagrin. Qui va gagner ? Le prochain.

Mardi. Depuis quelques jours, je ne cesse de me masturber en pensant à cette fille qui me reprochait, entre autres, de ne plus assez lui faire l'amour. Je me rattrape tardivement, à la main. Je l'honore à distance. Et même pas un « merci ».

Mercredi. À qui vais-je donc lire le brouillon de cette maudite chronique ? Qui me dira « Mon cœur, n'oublie pas d'aller trop loin » ? Elle faisait si bien semblant de rire.

11 novembre 2011

Les hommes-sandwichs

Vendredi. À la demande de mon éditrice, de mes huissiers et de mon ego vorace, je démarre la promo de mon livre (*Journal d'un mythomane*, vol. 1, Robert Laffont, 19 euros, Fnac et Virgin, tu le trouveras partout, un bon conseil : lis-le, ça peut changer ta vie). Sauf qu'avant de faire la pute chez Denisot et Ardisson, je dois me taper la foire aux livres de Brive-la-Gaillarde ! Cinq heures de train pour qu'on me pose derrière une table sur laquelle je vais signer mon bidule comme un boucher bradant ses filets de bœuf. Je m'attendais à une cohue de ravissantes universitaires – de province, certes, mais de choix – et me voilà mitraillé comme un singe par des rombières couperosées. On m'avait dit : « Tu vas rencontrer tes sensibles lecteurs », et je me fais claquer la bise par une foule de pochetronnes téléphages !

Florilège des apostrophes dont je fus la victime consentante :

« C'est toi, le connard de la télé ?

— Oui, ce sera 19 euros »

« C'est drôle, en vrai, vous êtes plus grand, mais moins beau...

— Merci, c'est pour qui ? »

« Sinon, comment il va, le papa ?

— Demande-lui, connasse. »

« Ça paie bien, la téloche ?

— Juste assez pour te rendre jaloux, tête de nœud. »

« Votre bouquin, ça raconte quoi ?

— La mort violente de tes parents. »

« Bon, OK, je vous l'achète, mais si on boit une bière après.

— Plutôt rouler des pelles à Nadine Morano. »

Conclusion : oui, j'aime les gens, mais en masse... Pas un par un !

En masse, ça s'appelle le public : celui qui rit, qui pleure, qui me fait peur, m'excite, m'adore, me hue, bref, me surprend. Depuis des années, je lui donne volontiers mes nuits blanches, mes retouches obsessionnelles, les trois quarts de ma vie privée, mon trac et mes plus beaux souvenirs (merde, on dirait du Bruel).

Tandis qu'« un par un », je comprends Isabelle Adjani ! Pourquoi écouterais-je les détails du cancer de la gorge du cousin de Brigitte Tartencouille, alors que mon meilleur ami – que je n'ai jamais le temps d'aimer autant qu'il le mérite – rentre bientôt à l'hôpital ? Et la bise à Gisèle, qui sent de la moustache et vient de m'appeler Devos, je devrais la remercier pour avoir l'air « gentil » ? C'est donc ça, une « vedette » : un type qui fait le gentil avec des abrutis ?

Je ne suis pas une bonne vedette. Même pas un type « sympa » (ce qui ne m'empêche pas d'être « adorable » avec mes amis, ma famille, un chauffeur de taxi aux récits croustillants, une rencontre hasardeuse au bon endroit au bon moment). Je donnerais tous ces inconnus contre vingt minutes par mois avec un pote d'enfance. Du coup, fini les signatures. Et vive le travail, la seule véritable expression de mon respect.

Samedi. Toujours à Brive, la bouche fracturée par quatre mille deux cents sourires, sur qui suis-je tombé ? Mon pronostic de 2012 ! Futur taulier de l'Élysée, le bientôt remplaçant de Copé-Guaino-Bertrand-Guéant et autres taches démocratiques... Tout le monde l'appelle François Hollande ! Alliant l'utile à l'agréable, sa campagne et sa compagne, il traîne (sur ses terres) au grand buffet des scribouillards. On vend nos livres, il vend sa peau. Je me planque dans un coin, ravi d'observer ce strip-tease spirituel que lui offrent soudain des auteurs notoirement réactionnaires ! « Nom d'un cul, sait-on jamais ? » se disent les tartufes de chez Stock et les malins de chez Gallimard. Qu'espérez-vous, bande de crétins ? Sarko vous a habitués au piston, du coup, tel philosophe se voit déjà animateur d'une émission sans Audimat, tel autre à la tête d'un théâtre... Chacun mendie le fauteuil de Malraux.

Quant à moi, fragile gauchiste qui n'attend rien excepté le plaisir de quelques confidences, moi qui ai toujours fui les bistrots du pouvoir (plus par paresse que par déontologie), ce soir je lâche un peu ma bride. Ouvrons les bras au subjectif ! De toute façon, c'est lui qui, le premier, m'a foncé dessus.

« Comment allez-vous ? me dit-il.

— Mal. On boit un verre ? »

Pas de préliminaires, passons directement dans la chambre des connivences.

La séduisante Valérie Trierweiler, avec ses regards durs, parfois dingues, toujours troublants, ne le quitte pas d'un sourire. En la considérant de près, je suis un peu jaloux : Hollande ne manque ni de bol ni de goût. Je le branche aussitôt sur cette foule d'écrivains qui se disputent sa sympathie. Il n'est dupe de rien, mais il pardonne à tour de bras. « Il n'y a pas de mauvais ralliement », me dit-il. En revanche, je la soupçonne – elle – de dresser quelques listes : les convaincus, les faux culs, les girouettes, les tardifs et les idiots. (Merde, je figure sur toutes les listes !)

Quelques minutes plus tôt, en les guidant vers ma table, je tremblais à l'idée d'être déçu par ce petit bonhomme que j'ai publiquement décidé de préférer aux autres. Jusqu'ici, j'ai fait confiance à sa réputation de boute-en-train pragmatico-social et aux louanges têtues de mon ami Benjamin Biolay... Pourvu que le candidat – en chair et en os – ne foute pas des bâtons dans les roues de mon enthousiasme ! Par bonheur, si tant est qu'une heure de tchatche en fin de soirée ait la moindre valeur, ça commence très bien. Hollande (un samedi soir, à 23 h 13) est drôle ? Suffisamment. Déterminé ? Plus qu'un Afghan affamé face à un plat de couscous royal. À l'écoute ? Presque trop : si j'étais lui, à cette heure-là, je ne m'écouterais pas aussi attentivement. Cultivé ? À côté du président, il peut reprendre l'animation du « Masque et la plume ». Méchant ? Lucide. Intègre ? On verra !

C'est pourquoi samedi, à minuit passé et le whisky aidant, je me suis jeté à ses pieds, j'ai léché ses mocassins et complimenté sa meuf comme si c'était la mienne. Il a tout supporté. Sans broncher. Car, Dieu soit loué, il ne fonctionne pas comme moi : apparemment, il aime les gens – lui – un par un. Le 1 + 1... C'est son métier. Pas le mien. Je ne serai jamais populaire, tant pis pour moi. Je ne serai jamais président : heureusement pour nous tous !

18 novembre 2011

La politique de mon neveu

Dimanche. Depuis samedi, on m'a confié la garde (et l'éducation culturelle) d'Arthur, mon petit neveu (un ravissant Breton de 13 ans et demi). Ma mère m'a demandé de lui faire découvrir Paris (pas celui de la nuit, rassure-toi, mais le Paris chiant pour les gosses, à base de file d'attente frigorifique au Louvre, de *Tintin* au Max Linder et de glace caramel-beurre salé sur l'île Saint-Louis). Au fond, je sens bien que si ma génitrice me balance ce morveux dans les pattes, c'est pour ranimer mes instincts paternels, façon de me rappeler que je suis presque en âge de me reproduire – et qu'un petit-fils ou une petite-fille redonnerait des couleurs à son mariage agonisant (cinquante-sept ans de chambre commune, ça use, forcément). Elle n'a pas complètement tort : cet ado à la langue bien pendue me donnerait presque envie d'être papa... d'un ado à la langue bien pendue ! Le problème, ce sont les dix années de bavoir, vomissures, Mytosil sur fessier purulent et pleurs incontinents qu'il faudrait me taper avant de parler littérature (« Pour ou contre Céline ? ») avec un jeune génie. Bref, Arthur traîne chez moi, postant sur son Facebook les derniers dérapages de son tonton incorrigible. « Tu l'as niquée, la petite Mathilde ? » me demande-t-il, faisant allusion à l'échange facétieux qu'une brillante étudiante et moi-même tricotâmes sur TF1 et qu'une cohue de féministes – ménopausées de l'humour – qualifièrent de « sexistes ». Par bonheur, les gamins ne s'y trompent pas : ils pratiquent eux-mêmes le « connasse » qui veut dire « je t'aime » et le « ta gueule » qui dissimule sous son manteau de pudeur un énorme « jouons ensemble ». Bref, la jeunesse me fait du bien*. Sauf que, dimanche, ne trouvant plus Arthur, je me mis à le chercher dans l'une des dix-sept chambres qui composent mon trois pièces. Quelle ne fut pas ma surprise lorsque je le découvris, le froc sur les baskets et son cure-dents dans la main gauche, plongeant un regard fiévreux dans la lecture de *L'Express.*

« Qu'est-ce que tu fais, petit branleur ?

— Je lis la presse, tonton.

— Mais tu lis quoi ?

— Un dossier sur DSK.

— Et ça t'excite ?

— Grave ! D'habitude, je vais me chauffer sur YouPorn ou le site officiel d'Angelina Jolie, mais là, franchement, ce journal, c'est de l'orgasme en barre !

— Qu'est-ce qu'ils racontent ?

— Tout ! Au début, je réfléchissais sur l'édito de Christophe Barbier – on peut pas dire que c'était torride – puis j'ai commencé à triquer timidement sur les passes du Carlton, mais quand ils se sont mis à me livrer les détails heure par heure des partouzes à Vienne, Washington, sa sodomie au Murano et ses douches de Maghrébines, j'ai pas pu m'empêcher de sortir le matos ! Je viens de me finir sur la chronique de Jacques Attali.

— Attali ?

— C'était purement mécanique.

— Mais tu sais que c'est un journal sérieux, *L'Express* ?

— Sérieux ?

— Bien sûr ! Il a attiré dans ses colonnes les plumes de Sartre, Camus et Mauriac.

— Sans rire ? Le type de *L'Étranger*, il a écrit des films porno ?

— Mais non !

— Dis, tonton, tu peux m'en filer d'autres, des journaux « sérieux » qui décrivent gratos les délires perso d'un queutard à la retraite ? Parce que, moi et mes potes, on sait plus quoi mater pour se faire gonfler la tige.

— Euh... Si, attends, je crois qu'il me reste *Le Parisien* de la semaine dernière, deux JT de Claire Chazal et un numéro du *Point* à côté duquel *Penthouse* s'apparente à un essai de Pierre Bourdieu.

— Cool. »

En fouillant dans mes archives, je n'étais pas peu fier d'avoir su lui insuffler un vif intérêt pour l'actu internationale.

Mardi. Après l'érection d'Arthur, la débandade d'Hollande. Selon les experts de l'avenir, sa crédibilité se déliterait comme le foie du chanteur Renaud. Déjà ? Comme tu vas vite, cher Français hystéro de la zappette sondagière. Pas le temps de terminer ma coupe de champagne de la primaire que je devrais la recracher dans l'évier de la crise ? Avec ce discours persistant : « Quitte à se faire chier à mort, à se serrer la ceinture jusqu'à se péter une vertèbre, autant confier la sale besogne au petit voyou de la République. »

Ah bon ? Parce que Sarko te paraît plus à même de maintenir le cap en période de rigueur ? Un type qui, depuis cinq ans, babille avant de penser, bondit de fait divers en buzz bidonné, avec pour seule ligne politique celle que lui « inspirent » les gros titres de la veille ? Si Sarko représente le sens des responsabilités, pourquoi ne pas me confier le ministère de la Modestie et de la Sobriété ? Je ne suis ni courtisan ni gauchiste viscéral (mes précédents articles te l'auront prouvé, non ?), mais que lui reproches-tu, à François ? De serrer des pinces à la foire de Brive pendant que Sarkozy tutoie les couilles d'Obama ? De ne pas vomir tout de suite son programme d'austérité ? Bref, tu blâmes l'avenir éventuel de n'être pas le présent.

Ça me rappelle une scène qu'on m'avait rapportée : un réalisateur souhaitait confier le rôle principal de son film à un acteur génial, mais encore méconnu (c'est-à-dire jeune), d'autant que son producteur souhaitait « un type nouveau, qui sorte du lot ».

« Et pourquoi pas Untel ? demanda le réal.

— Parce que c'est pas une star. Il lui manque deux succès au compteur.

— Donc tu veux pas surprendre ?

— Si.

— Mais une star inconnue, mec, c'est comme un politique sincère, ça ne veut rien dire du tout ! »

Au bout d'un long dialogue postbeckettien, le producteur aurait fini par accepter. L'acteur s'appelait Jean Dujardin. Et ce n'est pas devenu la moitié d'une blanquette. Certes, Hollande est à Jean ce que Christine Boutin est à Julia Roberts – et je ne parle pas que du physique –, mais tu conviendras qu'il est assez fréquent que, avant d'être élu, un candidat ne soit pas président.

Et ça, même mon neveu priapique l'a compris.

D'ailleurs, je vous laisse, Arthur m'attend pour visiter le Grand Palais.

« Arthur ? Arthur ? Ouvre cette porte immédiatement ! »

25 novembre 2011

---

* *Aujourd'hui encore, les deux questions que les badauds de ma fébrile notoriété me posent le plus allègrement sont : « Vous revenez quand à la télé ? » et : « Avez-vous emballé l'étudiante de chez Field ? » Littérairement, ça rend modeste. Faut dire que l'an dernier, on a beaucoup jasé sur cette tendre altercation entre deux jeunes cabots dont les réparties se rencontraient, s'amusaient, se faisaient du pied – en direct, certes, mais pour de vrai. Beaucoup n'ont retenu que l'insulte et l'incompréhension quasi générale nous plongea, elle et moi, dans une stupeur misanthropique. Comment l'ahurissant premier degré de certains pouvait-il travestir un*

coup de foudre en coup de boule ?! Par la suite, après réflexion, au lieu de postillonner sur la bêtise universelle (ce qui a fait mourir Polac), j'ai fini par m'accuser : la gaminerie inoffensive que Mathilde avait tout de suite perçue en moi, d'autres ne la virent pas. (D'autant que, les années passant, je suis de moins en moins jeune !) En outre, la maturité de cette jeune femme – qui m'avait sauté aux yeux (la jeune femme ET *sa maturité), d'autres ne la virent pas davantage. Ce qu'ils ont vu ? Un type connu insultant une gamine anonyme. Preuve implacable de l'opacité de mon regard, de mon humour, voire de mon talent ! À l'avenir, je vais donc fournir des efforts, soit pour honorer l'âge qu'on me donne, soit pour exprimer plus clairement l'âge que je m'attribue.*

Un an plus tard, loin de cette infime secousse télévisuelle, persiste notre amitié. On continue à s'insulter, en riant et en privé. Il y a des femmes qui ont voulu me rencontrer parce que je leur avais plu à la télé, d'autres que j'ai tout fait pour rencontrer parce qu'elles m'avaient plu à la télé ; Mathilde et moi, nous nous sommes plus en se rencontrant à la télé. La tête brûlée, le cœur blessé, elle est douée dans presque tout. Il lui reste à choisir, parmi ses qualités, laquelle fera le plus d'aigries. Je salue très respectueusement cette petite pute adorée.

Les cannibales

Lundi. Ça y est, fermez les yeux : la gauche cannibale est de retour ! Désolé, mon lecteur, tu pensais qu'on gagnerait ? Oh, comme tu m'émeus lorsque je vois perler des larmes progressistes au coin de tes yeux sombres... Toi qui – tout comme ton serviteur – n'as connu que les sectaires *from* Neuilly, dérapeurs xénophobes, réalistes pro-patrons et lois frimeuses post-faits divers. Toi qui, après Chirac, réclamais ton Jospin et t'es retrouvé contraint de faire triompher la dissolvante feignasse, toi qui, contre Sarko Ier, n'as même pas pu désirer Ségolène... Kidnappé par la droite depuis l'adolescence, tu le souhaites autant que moi, ton 10 mai 1981. Même si tu sais plus trop pourquoi, vu que tes potes traders te répètent jusqu'à l'extinction vocale que, « dans le monde actuel, les gouvernants comptent pour des prunes », que « le système est plus pervers et, si tu tapes les riches, tu tapes sur les pauvres, puisque si le riche se barre, qui va payer ? Le pauvre ! » et autres « vive la Chine ! ».

Bref, au soir d'une victoire, même si tu ne t'attendais pas à sentir ton cœur danser le *moonwalk* avec le fantôme de Michael, même si tu te disais : « Bon, ce sera pas Noël, ni une soirée MDMA, mais ne serait-ce qu'un petit goûter d'anniversaire avec un bon pétard, en temps de crise, je crache pas dessus. » On te comprend. Au journal, c'était pareil : surfant sur l'écume de la primaire, on parlait déjà de rénover la salle de rédaction, réparer l'ascenseur et les toilettes du personnel (voilà tout de même cinq ans que les stagiaires sont priés d'aller pisser au *Figaro*). Dans un élan poussif de joie, on envisageait même de louer une cafetière George Clooney et de racheter un costard propre à Jean-François Kahn, notre clochard céleste ! Sauf que non ! Rien n'est moins sûr... Nous voilà peut-être repartis pour cinq ans d'anti-Sarko primal (avec un résultat aussi probant que celui de la gelée de groseille contre la chute des cheveux). Et alors là, s'il repasse, dans quel grenier de la hargne va-t-on trouver les titres de notre désaccord ? Après « Le voyou de la République », « Le retour des enflures ? » ; après « La chute du nain », « Merde, il tombe de si bas qu'il a vite fait de se relever ! » Il va falloir engager treize Guillon, onze Didier Porte et cinq Bedos, car, devant nous, le déluge : après quarante secondes d'état de grâce, le corps du candidat PS se fait encore becqueter par toute sa famille ! V'là le grand-père Chevènement qu'a le cerveau en fin de batterie et qui mâche plus que de la semoule Blédina, mais comme l'*ego* reste vert et que l'envie de faire chier tout le monde est le meilleur programme des vieux, papy remet le couvert et pince entre ses gencives la cuisse droite d'Hollande ! Quant à Eva Joly, la tante bio acariâtre, elle enfonce carrément ses canines dans le mollet gauche. Comment faire chanter le même tube à des barytons sociaux-libéraux, une soprano écologiste et un chœur de castrats démondialistes ? Du coup, on passe des accords à l'encre magique, on se fait des promesses de fin de beuverie. C'est pas un pédalo que François doit gouverner, c'est un bordel flottant ! Et la presse se régale : voilà belle lurette que l'entente cordiale ne fait pas d'Audimat. Après les années cash, la génération clash. Au moins, à droite, une certaine médiocrité fait office de lubrifiant, chacun se retrouve sur un point de vue (basse). Mais, dans cette ratatouille gauchiste, il n'y a qu'un Delarue (avant la cure) pour réconcilier un rocardien et un mélenchoniste*.

Mardi. Du plus loin qu'il me revienne, la gauche a toujours fait chier la gauche. Et ce n'est pas Danielle Mitterrand qui me contredira. Surtout maintenant. Cette femme à la beauté têtue et aux entêtements sublimes permettait rarement, paraît-il, à son époux présidentiel de déjeuner en paix. Toujours à lui rappeler ses concessions, sa mollesse idéologique et une cause noble noyée par les affaires courantes. Bref, c'était – dit-on – une militante à vous dégoûter de n'avoir pas épousé une idiote. On imagine aisément le florentin bibliophile tenter, entre deux Conseils des ministres, de parler cinéma ou potins (ce qui revient souvent au même), histoire de se détendre. Sauf que Danielle le coupe :

« Dis-moi, François, tu fais quoi pour les Arméniens ?

— Attends, chérie, tu vois bien que Roger (Hanin) nous raconte une blague juive ?

— Justement, les juifs, tu trouves pas qu'ils abusent ? Quand est-ce que tu reçois Yasser Arafat ?

— Je termine mon verre d'eau et on en reparle, Danielle.

— Profites-en, de ton Évian, si t'arrives à l'avaler alors que 40 % de la planète crève de soif... »

Pas facile d'épouser une starlette aux yeux de chat et de finir coincé avec Che Guevara.

C'est comme si François Hollande se couchait (un soir sur deux) dans le même lit que Mélenchon.

Personnellement, dans ma vie misérable de non-président, j'ai plus souvent rencontré le problème inverse : dès que je souhaite aborder un thème grave (l'expulsion des Roms, un cerne sous mon œil gauche, la faillite grecque, le lumbago de ma mère ou l'hiver des sans-abri), mon « ex » petite amie me reprenait aussitôt :

« Quand est-ce que tu me présentes à Marion Cotillard ? Il est fidèle, Guillaume Canet ? Y a des Spa, en Libye ? On dort où, à Cannes ? Oh, tu te prends trop la tête... plutôt que de me soûler avec les sans-papiers et le bouquin de BHL, tu veux pas qu'on se vide la tête avec ton copain Beigbeder ? Lui, au moins, il a la décence d'être léger à partir de 22 heures.

— Pas ce soir, mon amour, faut que je termine mon papier pour *Marianne*.

— Si t'avais choisi la rubrique mode de *Grazia*, au moins j'aurais des fringues gratos.

— Désolé, mon bébé.
— À demain. »

Elle a fini par ne plus rentrer. J'ai décroché la boule à facettes qu'elle a pendue dans mon salon. J'ai retrouvé le chemin de mon bureau depuis qu'elle a retrouvé celui du Baron. Rencontrerai-je un jour ma Danielle Mitterrand ? Après toutes ces dernières « filles », je rêve parfois d'une première dame.

2 décembre 2011

---

* *En écrivant ces lignes, je ne savais pas que Jean-Luc Delarue irait si tôt sniffer les nuages du paradis des anges pressés. Soudaine envie de parler de ce cadavre inattendu. À 18 ans, quand je rentre comme larbin pistonné à Canal+, Delarue est une idole dont tous les stagiaires de la baraque cryptée observent les moindres frasques et la moindre mèche de cheveux comme autant de préceptes christiques. Combien de jeunes connards cyniques commençaient alors leur blabla par « Regarde Delarue, lui il a compris que »... À l'époque, le brillant pubard parachuté « journaliste » réussit l'exploit d'associer branchouille et racolage, ménagères et bains douches, coke et tranche matinale, pudeur et presse people ! Mettez-vous à la place des Murdoch en culottes courtes que je croisais en ce temps-là : comment ne pas admirer un authentique pochetron qui, avec ou sans l'aide d'oreillette, savait se faire passer pour le gendre idéal ! Du coup, son chiffre d'affaires rachetait, voire popularisait son cynisme et ses colères paranoïaques. C'était le Howard Hughes de la rue Bonaparte. Seul problème : il est mort. Il est mort jeune,*

malheureux, presque seul et abêti par la vanité. Il est mort avec, à son actif, aucun grand film, pas le moindre bâtiment aux courbes révolutionnaires, nul bon livre, pas un enfant fier d'autre chose que d'une rente. La liste des héros saccagés par leur gloire est immense. Mais la plupart d'entre eux ont eu la courtoisie de laisser quelques riffs de guitare, un déhanchement inoubliable, un chapitre bouleversant ou une séquence d'anthologie. Le problème de Delarue, admiré il y a peu comme un virtuose de l'audimat, c'est qu'il ne faisait QUE *de la télévision. Une télévision de flux. Il laisse peu d'images dignes d'être remâchées et moultes anecdotes sur ses méthodes soviétiques. Je dédie donc cette parenthèse à tous les loups du PAF que j'ai subis dans ma jeunesse, tous ces prosélytes des heures sup, des cernes pour que dalle, ces distributeurs de coups de pied au cul, de pizzas avariées en salle de montage nocturne, ces apôtres mégalo du licenciement express et des propos vexatoires... Jeunes gens devenus vieux et parfois même pas riches : n'oubliez pas dans quoi finit votre saint patron, et toute son œuvre en poche : une boîte. Noire. Ce n'est pas Delarue qui était condamné, c'est sa télé. Votre télé. Alors, dès ce soir, éteignez votre cigare, embrassez vos enfants, caressez vos meufs, rallongez vos vacances, rabotez vos prétentions et épargnez vos salariés !*

Le génie de DSK

Lundi. Chaque semaine, dans cette page, je ne sais plus comment formuler les sentiments – plutôt hostiles – que m'inspire la personne de Jean-François Copé. Par respect pour mes lecteurs, je me suis même payé un dictionnaire des synonymes afin de ne pas m'autoplagier (ce qui fait de Copé mon débiteur à hauteur de 9,50 euros). La première semaine, pour le qualifier, j'ai osé l'adjectif « déplaisant ». La deuxième, je me suis autorisé le terme « rebutant » – qui ne m'a pas rebuté –, avant de m'aventurer dans une foule d'épithètes beaucoup moins nuancées : j'ai ADORÉ écrire que les propos de l'actuel patron de l'UMP étaient assez « répugnants », de même qu'il ne m'a pas déplu d'employer ensuite le mot « nauséabonds », puis « dégueulasses », avant que « gerbants » ne s'impose tout seul, comme un grand. Cette chronique a de l'avenir, puisqu'il me reste encore à placer « cradingue », « puant », « vomitif » et « chauve ».

Sauf que l'intéressé doit faire des boulettes de

papier avec mes affronts, vu qu'il ne freine jamais sur ses conneries hebdomadaires. Pis, il en augmente la densité. Cette fois, cette « fiente malodorante » trouverait très courageux d'abaisser à 12 ans l'âge de la responsabilité pénale. Question : quand osera-t-il envisager le menottage des nourrissons ? C'est pourquoi lundi, la joute lexicale ne suffisant plus – Gutenberg n'était qu'un lâche –, je me suis physiquement rendu au siège de l'UMP pour caillasser ce connard jusqu'à mardi matin. D'ailleurs, c'est décidé : je suspends cette chronique afin d'aller directement distribuer des bourre-pifs, gifles cinglantes, touchers rectaux et coups de tronche dans celle de tous ceux qui m'énervent, à droite comme à gauche. L'heure est grave, mes enfants, la crise empire, les élections approchent : posons nos stylos et partons à la baston ! Du coup, mardi, je ne vous expliquerai même pas ce qui m'a poussé à tondre Eva Joly. Mercredi, tu ne liras aucun argument intelligent à la suite de la prise de karaté qui m'a permis d'envoyer Hervé Morin au sol. Pour les louanges, pareil : je ne ferai plus cinq lignes dithyrambiques sur le talent que déploie Marie Gillain dans son dernier film... Je la baiserai sans verbiage ! Aucun bla-bla littéraire sur l'humour d'Omar Sy... En revanche, qu'il s'attende à sentir prochainement mes doigts amicaux s'insinuer entre ses gambettes d'athlète. Car la semaine prochaine, c'est dans la presse people que vous verrez les photos de mes « critiques ». « Il en pense quoi, Bedos, de l'album de Julien Clerc ? – Je crois qu'il a pas aimé : le chanteur est à l'hosto. – Et le premier film de Mélanie

Laurent ? – Il semble qu'il adore, puisqu'elle est enceinte*. »

Mardi. Sarkozy se refuse à donner le droit de vote, fût-il municipal, aux étrangers. Il y était favorable, puis non. Tout compte (électoral) fait : ce sera non ! Immédiatement, la gauche bobo – la mienne – y décèle un clin d'œil en direction de la fange frontiste. Oh, quel mauvais esprit ! Les motivations du président sont bien plus saines : il se trouve qu'après avoir rencontré un certain nombre d'étrangers (dont une chercheuse brésilienne et un livreur sénégalais) il a estimé que ces gens-là n'étaient pas vraiment aptes à donner leur avis sur nos institutions. Il n'a pas tort : de quoi je me mêle ? Est-ce que je vote à Séoul, moi ? Aussitôt, la gôche en vison (celle qui ne fréquente jamais ces dangereux parasites) s'indigne : « Pourquoi paieraient-ils des impôts si on les empêche de choisir leur maire ? » Ce à quoi la droite populaire (la droite sincère) répond par une question subtilement synthétique : « En 2014, souhaitez-vous vraiment que 4 millions d'étrangers (Bicots, Chintoques, Négros) choisissent les 36 000 maires de France ? » (Et puis se tapent ta femme, ton salaire et ton frigo ?) Moi aussi, vu comme ça, je dis non. D'autant que ces gens ne sont pas fiables. Sur le plan politique, on ne peut jamais compter sur eux : y a qu'à voir Carla Bruni, cette chanteuse italienne qui fréquentait Laurent Fabius, BHL et toutes les chemises pensantes du Paris progressiste : un dîner chez Séguéla plus tard, la voilà porte-parole et porte-bébé du héraut de la droite prison !

Jeudi. La version de DSK donne raison à ce que je me tue à te dire : loin de l'image du porc shooté aux brunettes tarifées qu'on ne cesse de t'en donner, ce serait plus simplement le chantre de l'amour libre ! L'hédoniste moderne que tu ferais mieux d'imiter ! Toi, le lecteur grisé puis soûlé par ta femme, cet ex-rayon de soleil de tes nuits devenu en quinze ans le nuage de tes jours, cette ancienne reine de la piste qui enfle désormais au fond de ton canapé. Pendant des années, alors qu'elle ronflait ses excès de côte-rôtie dans un lit soudain trop petit, tu t'es contenté de la tromper avec ta main droite, puis gauche, puis droite, en triste infidèle des cabinets. Et puis il a fallu que ton corps exulte sur une autre, dans un motel coupable. Aujourd'hui, tu planques pathétiquement les preuves de tes écarts, vérifiant le fond de tes poches (et effaçant à coup de fond de teint celles que ta secrétaire fait gonfler sous tes yeux). Ne me dis pas que tu préfères ta mascarade bourgeoise au pacte révolutionnaire qui permit à DSK de revenir vingt fois vers Anne le regard toujours plus tendre, après s'être débarrassé de toutes ses frustrations dans la poubelle de ses fantasmes ? Certains matins, dis-le, que ta Marie-Christine, elle est franchement plus belle après une heure avec Gisèle, Sandrine ou Fatima ? Sauf que toi, imbécile, tu dilues ton plaisir dans l'âcre mensonge ! Strauss-Kahn, jamais ! Son génie matrimonial lui aura coûté ton suffrage mais épargné bien des regrets. S'il est avéré que sa femme – elle aussi – cultivait comme des fleurs les amours secondaires, je les élis tous deux présidents à vie de la recherche conjugale. Comme nos ministres face aux banlieues, ils n'ont peut-être pas LA solution contre l'érosion de nos désirs, mais eux, au moins, ils cherchent ! Je les embrasse.

9 décembre 2011

---

* *Quelques jours après cette chronique, alors que je flambais mon humanisme dans un resto de notables, je tombe sur Copé. Ou plutôt, il tombe sur moi, car il me fonce dessus comme un petit caïd. Bizarrement, moi qui suis d'habitude aussi frimeur à l'écrit que lavette au combat, j'ai même pas peur. Ses bouclettes appauvries, ses petits yeux dont même le bleu semble ajouté par un communicant, ses épaulettes trop larges, sa frêle silhouette de tennisman gâchée par un bide Heineken, rien ne m'impressionne. Il le sent très vite, car quelques mètres avant l'impact, il troque son regard de pitbull contre un sourire paternaliste.*
« Vous allez vous calmer, avec moi ? dit-il, une main gênée sur mon épaule. Vous allez trop loin, Nicolas...
— Ce n'est qu'un début, lui dis-je, et puis je ne fais pas votre texte, qui me navre, alors vous n'allez pas me dicter le mien. Chacun son boulot.
— Oui mais, tout de même, je n'aime pas les méthodes que vous employez...
— Et je n'aime pas les vôtres. Enfin un point commun ! »
S'ensuivit un long silence. Fin de partie. À table. Il a mangé en tête à tête avec son iPhone, qui tournait le dos à sa femme. Cette dernière ayant sans doute la patience de celle qui rêve d'être un soir « première dame ». Pourvu qu'elle soit déçue.

Zemmour dit « bonjour ». On peut rire de tout avec n'importe qui quand on n'est pas n'importe qui. Besson n'est pas n'importe qui. Relisez les romans de ce grand écrivain né d'un père juif russe et d'une mère croate, relisez notamment *Mais le fleuve tuera l'homme blanc*, et allez donc offrir vos nuques à la lame d'un bourreau plus crédible. Les associations antiracistes ont, paraît-il, été créées pour lutter contre le racisme, pas contre les artistes. Qu'il te fasse rire, sourire ou dégueuler, Besson fait de la littérature, avec ce que ça comporte d'outrance, de maladresse et d'imprudence. Si ces chroniques te gênent, petit prépuce de consensus, tourne donc les pages du *Point* et relis celles de BHL. Là, tu ne trouveras rien de « douteux », rien de « dangereux ». Rien de très drôle non plus. Quant à Eva Joly, au lieu de défendre les accents de sa voix, qu'elle s'interroge plutôt sur toutes celles qu'elle va faire perdre aux écolos.

Jeudi. Point final, chez Pascale Clark, au marathon promotionnel que m'impose Robert Laffont pour la sortie de mon livre. L'agenda médiatique recherchait une pin-up pour le mois de novembre, j'ai répondu : « Présente ! » Le bouquin marche très fort, et moi je ne marche plus droit. 42 émissions, 127 questions mesquines, 22 vannes, 16 compliments, 1 couverture de *Voici* et 420 confidences faites à des inconnus pour booster l'audimat de programmes qui ne me paient même pas. On me demande d'expliquer sérieusement pourquoi mes textes ne le sont pas. Je sors de tout ça plus connu, mais méconnaissable ! Provocateur, prétentieux, misogyne et grossier, infidèle et

L'accent grave d'Eva Joly

Lundi. Selon un récent sondage BVA-*Le Parisien*, Hervé Morin (le traître de Bayrou rallié à Sarkozy) enregistre le score hilarant de 0 %. Zéro ? Tout rond. À la question : « Qui vote pour moi, les gars ? », la France répond : « Personne. »

« Personne ? Même pas un schizophrène sous crack ayant subi un mauvais trip en regardant Bayrou bégayer chez Denisot ?

— Non, même pas lui. Aux dernières nouvelles, lui, il penche pour Giscard, n'admettant toujours pas qu'il ait cassé sa pipe. »

0 %, ça veut dire qu'en lisant *Le Parisien*, si notre pauvre Hervé Morin recrache son thé au lait en constatant que la France le balance à la flotte, il encaisse par la même occasion le fait que sa femme et ses enfants aussi ! Il se regarde dans la glace en se demandant si lui-même voterait pour lui, puis il descend d'un pas fébrile dans le salon, observe sa petite famille de faux culs d'un air mêlant la détresse

à la rancune, s'approche de sa femme en lui montrant le journal :

« Même toi, chérie ?

— Écoute, Hervé, je savais pas comment te le dire, mais ton histoire de Nouveau Centre, là, je n'y ai jamais cru.

— Et vous, les enfants ? implore ce père aimant en se tournant vers ses jumeaux.

— On a 15 ans, papa, répondent-ils en trempant leur embarras dans un bol de céréales...

— Mais pour être vraiment sincère, ajoute l'aînée de 3,54 minutes, je n'y crois pas non plus. »

Du coup, Hervé s'est beurré une tartine dans un silence bergmanien, la mine aussi déconfite que la couille d'un Coréen plongé dans un verre de calva. Il s'est remémoré le chemin parcouru : l'internat de Deauville, sa maîtrise en droit public, les municipales d'Épaignes, la députation dans l'Eure. Tout ça pour rien ? Pendant trente secondes, il a caressé l'hypothèse de se planter le couteau à beurre dans la jugulaire – un geste fougueux qui, à défaut de lui assurer une présence au second tour, lui aurait au moins offert un buzz de trente secondes au Petit Journal de Yann Barthès. Ce qu'il ne sait pas, Morin, c'est que, selon un sondage Ipsos-*Le Point*, le suicide d'Hervé Morin enregistrerait un taux de chagrin de 0 %. Et cela, toutes tranches d'âges et tendances confondues. À vrai dire, la moindre question concernant ce quinquagénaire grisonnant aux convictions sibyllines récolte aussitôt le chiffre le plus bête de l'histoire des maths.

« Les gens me veulent du mal ? Je dérange ?

— Non, Hervé. Tu ne déranges tellement personne que c'était pas la peine de te déranger. Tu es le patron du nouveau centre de désintérêt. Cela dit, n'est-ce pas ce que certains appellent “la liberté” ? Quoi que tu dises, quoi que tu fasses, le monde s'en cogne. »

Mardi. Dans la famille « Si on allait dans le mur tête baissée à 140 km/h », après l'ex-ministre de la Défense, je demande Les Verts. Non contents de foirer leur campagne, de se contredire entre eux et d'avoir choisi la pire candidate, ce parti de chemises ouvertes et de cerveaux cravatés vient d'ores et déjà de se rétamer aux élections de l'humour ! Suite à la parution d'un article (hilarant) dans lequel mon camarade Patrick Besson moquait l'accent d'Eva Joly, voilà toute la clique gauchiste l'accusant de xénophobie. Rien que ça ? Besson est l'une des plumes les plus brillantes de France. Cette teigne littéraire en vacances de convictions fait plus de bien à ses lecteurs que cette meute écologiste à l'avenir de la planète. Pourquoi Besson tape-t-il sur l'accent (à peine audible) de la candidate foireuse ? Parce que ça l'a fait rire. Pourquoi c'est drôle ? Parce que ça m'a fait rire. On peut donc écrire n'importe quoi ? Oui ! Et sur scène ou à la télé, on peut dire n'importe quoi ? Oui ! On peut dire « nègre », « pute », « bougnoule », « bite » ? J'espère bien ! On peut donc être raciste et le dire publiquement ? Non, Besson ne l'est pas. Pas plus que moi. Pourquoi ? Parce que ! Quand je dis « sale Arabe », je suis moins raciste que lorsque même raciste, bref, un grand dadais peopelisé jusqu'aux parties intimes. Quand je ne réponds pas aux questions, on m'accuse d'être hautain ; mais, lorsque j'y réponds, on pointe mon exhibitionnisme. Bref, j'ai perdu mon sang-froid, quelques kilos de mystère et j'ai gagné l'envie de me taire. C'est-à-dire celle d'écrire. Depuis quand un mythomane nous doit la vérité ? Ferme ta gueule, Nicolas, et retourne à tes cahiers. D'accord, maman, tout de suite.

16 décembre 2011

Joyeuses fêtes, Rachida !

Lundi. Bientôt Noël. Exceptionnellement, le numéro de *Marianne* que tu tiens dans tes mains va squatter dans les kiosques pendant plus de quinze jours : de quoi permettre aux révolutionnaires de notre rédaction un séjour de glandouille au soleil ! Faut bien que Nicolas Domenach* (le Richard Gere des pauvres) aille tester son charisme dans les caves thaïlandaises et que Papy Julliard (le Jean Daniel modeste) repose sa plume adolescente. C'est pas pour titiller tes larmes, ma poule, mais tu ne nous liras point avant l'année prochaine ! Du coup, le patron du journal – qui n'en loupe jamais une pour te lécher le cerveau – me conseille d'en profiter pour te souhaiter mes meilleurs vœux. D'accord : bonnes fêtes, mon vieux. Bonnes fêtes. Sauf qu'entre nous, c'est pas gagné. J'imagine ta soirée, à commencer par ta belle-sœur, fausse gaffeuse et vraie teigne bien mariée qui, entre deux bouchées d'une dinde véritable, ne pourra s'empêcher de te demander : « Comment marchent les affaires ?

— Très mal, Christine ! Tout le monde n'a pas la chance d'exploiter un gros pigeon ! La crise me suce le sang, je fais des marges de nain... Et c'est la mort dans l'âme que je viens de débourser 20 euros pour offrir deux bouquins à tes gosses tellement dégénérés qu'ils vont en arracher les pages pour rouler des pétards !

— Et sinon, en février, où les emmenez-vous skier, vos enfants ?

— Nulle part, vieille garce ! C'est déjà un miracle si je les abandonne pas sur le périphérique !

— Comme des chiens ?

— Non, un chien, ça bouffe moins. Y a pas les frais de scolarité. D'ailleurs, je sais même plus pourquoi je les encourage à passer le bac : vu la déroute qui les attend, ils feraient mieux de pointer à l'usine, comme les mini-Maghrébins à 2 euros par jour, ça m'éviterait peut-être une délocalisation !

— Et la petite Juliette, elle prend toujours des cours de chant ?

— Non. Trop cher. Quand j'ai réalisé qu'elle avait du talent, j'ai craint qu'elle n'entame une carrière : t'as vu le marché du disque ? Même Johnny Hallyday est au bord des assedics. Rien ne marche ! Le seul qui s'en tire, c'est l'aristo handicapé dont s'inspire *Intouchables*. C'est à vous dégoûter de trottiner sur vos deux jambes.

— Dis pas ça, Jean-Pierre, t'as de la chance de marcher...

— Pour aller où, connasse ? À Pôle emploi ?

— Bon, tais-toi... Bonne année !

— Bonne quoi ? Tu veux que je te crève un œil ? En 2012, ils annoncent une croissance de – 27 %. Non content de m'être séparé de ma jolie secrétaire et de la moitié de mes employés, j'envisage sérieusement de licencier ma femme.

— Liliane ? Pourquoi ?

— Trop chère. Et puis regarde un peu la bête : depuis que j'ai séché ses budgets "épilation", "coiffure", "pressing" et "UV", elle ressemble à son père ! Pour moi, c'est le tiers-monde sexuel ! Et toi tu trouves que ça vaut le coup de me saigner pour la Saint-Valentin ? Moi je dis, ce soir-là : deux olives, un porno, et au dodo.

— Tu sais, Jean-Pierre, quand on t'écoute, on a envie de se pendre !

— Si t'avais pu faire ça hier, j'aurais pas raqué 67,50 euros pour te payer cette paire de moufles vert moutarde. Tiens, j'aurais dû t'offrir un voile, je verrais plus ta gueule. Sur ce, passe la bouteille, c'est bien la seule chose qui m'annonce toujours de bonnes nouvelles. »

Mardi. La petite Rachida Dati fait du boudin. Juste avant les fêtes, ses parents viennent de lui annoncer qu'ils lui confisqueraient bientôt la mairie du VIIe [1]. Du coup, elle a refusé de finir son assiette, puis elle a

1. Rachida Dati, maire du VIIe arrondissement de Paris, et l'ancien Premier ministre François Fillon briguaient tous deux la 2e circonscription de Paris pour les élections législatives de 2012, ce

renversé son Coca Zero sur le tapis du salon, avant de monter s'enfermer dans sa chambre pour téléphoner à ses copines et leur dire tout le mal qu'elle pense de sa famille.

— Allô, Samantha, je les hais ! Tu sais pas ce qu'ils me font, ces yienches ? J'te jure, j'y crois apsse ! Pourquoi m'ont mis au monde si c'est pour me faire du mal ? Putain, les rats... Où est-ce qu'on va faire la teuf, nous, maintenant ? S'ils croient que je vais m'enterrer chaque week-end au Parlement européen, ils rêvent ! M'ont déjà supprimé une voiture de fonction, repris mon ministère trop cool, et maintenant y a papa qui me vire de la mairie : la déco, elle déchire... Le quartier est trop fun, y a des restos tout-par, des boutiques de follaille... De toute façon, c'est simple, s'ils continuent, je fugue...

— Où ça ?

— J'sais pas. J'hésite. Bon, chez Bayrou, c'est un peu cheap... Y a un côté campagne boloss, limite queplou de gauche... Franchement, je préfère encore squatter chez mon reup...

— Et chez Hervé ?

— Attends, Morin, c'est la teu-hon ! Connaît personne, le gars, il rentre nulle part... Tu me vois débarquer chez Castel au bras d'Hervé la lose ? »

Et Rachida raccrocha (il était temps, même quand je la fais parler, j'ai hâte qu'elle se taise).

---

que Rachida Dati a très vivement dénoncé dans une lettre ouverte, parue dans *Le Monde* le 13 décembre 2011. Fillon a finalement été investi le 11 janvier par la commission d'investiture de l'UMP pour cette circonscription.

Il y a quelques années, les pédopsychiatres avaient pourtant prévenu le jeune couple Fillon-Sarkozy lorsque, savourant leur lune de miel des sondages positifs, ils vinrent faire l'emplette d'une porte-parole neuve dans cette boutique étrangement huppée d'une banlieue difficile.

« Messieurs, Rachida a tout l'air d'un produit de qualité : physique agréable d'Arabe light, origines superbement modestes option « vocabulaire français chic » ; bref, à la télé, c'est ce qu'on vend de mieux... Mais sachez qu'à long terme c'est l'arnaque absolue ! Ouvrez-la, vous verrez : y a la moitié d'une pile et 55 kilos de coton. Là, vous focalisez sur sa gueule d'héroïne pour Zola contemporain, mais matez plutôt le poil qu'elle tient dans sa main.

— On va la prendre quand même.

— Vous êtes sûrs ?

— Oui, c'est juste pour la vitrine, le temps des élections, on vous la ramène dans deux ans.

— Non, messieurs, on ne loue pas. Vous l'achetez : vous la gardez.

— OK. Au pis, on la mettra dans un placard : la maison en est pleine.

— Alors, messieurs, juste un conseil : ne la gâtez pas trop, elle supporte très mal l'exposition au luxe, évitez le contact avec le Fouquet's, l'hôtel Costes, les vedettes : ça épuise ses batteries...

— Entendu.

— On vous fait un paquet-cadeau ?

— Oui. Du Balenciaga.

— Très bon choix. Et sinon, qui paie tout ça ?

— La France. »

Bonne année.

30 décembre 2011

---

* *Nicolas Domenach. Omniprésente plume à* Marianne, *chroniqueur sur Canal+ et très bon camarade. Je tiens ici à souligner sa bienveillance à mon égard, car il reste l'un des rares, au sein de la rédaction, à m'encourager publiquement lorsque plein d'autres font la tronche. Et pour cause : on sait depuis longtemps que les intellos de gauche ont, sur le plan « humoristique », le cul plus serré que les érudits de droite ! La littérature française des années 1950 l'illustre de façon spectaculaire. Le gauchiste orthodoxe, canasson aveuglé par les ornières de sa « cause », a fini par oublier qu'on pouvait, pour déconner, singer un ouvrier tout en rêvant l'augmentation de son pouvoir d'achat. Telle la féministe faisant d'une blagounette sur les blondes l'ébauche d'un génocide sexiste, le militant mélanchoniste dégote du fascisme dans une plaisanterie, sous prétexte qu'elle ne prête pas à penser juste, ce en quoi c'est peut-être une bonne plaisanterie.*

Les grèves de Noël

Samedi. La rédaction de cette chronique ayant été très entravée par l'absorption d'une quantité depardiesque de foie d'oie boulimique, saumon fumé (avec du shit) et caviar Solférino, chaque ligne que tu t'apprêtes à lire fut ponctuée par une crampe stomacale, puis un rot maquillé en soupir, certains paragraphes débouchant même sur de violents vomissements qui m'obligèrent à passer de l'ordinateur au cahier, avant de dicter la fin, la tête couchée sur la lunette en acajou des toilettes familiales. Je comprends aisément qu'en cette période de crise cette débauche culinaire te paraisse indécente, mais dis-toi bien qu'il s'agissait davantage d'un suicide à la graisse que d'une promenade gastronomique. Car, si les adieux de mon père à la scène remplissent à ras bord le Théâtre du Rond-Point, ils TERRIFIENT mes cinq sœurs qui – bientôt – n'oseront plus ruiner un retraité : imaginez la mine contrite de ces vacancières professionnelles contraintes de reprendre leurs études à plus de quarante-cinq ans ! Quant au patriarche *himself*, ce champion de la mégalo qui ferait passer Alain Delon pour un agoraphobe bouddhiste, il frise la conjonctivite à force de chialer sa propre mort devant des salles de larmes, à peine consolé par la recette mirobolante que Jean-Michel Ribes lui hurle entre chaque rappel (il en fait vingt et un). Et je ne vous parle pas de ma mère : cette pauvre femme essuie déjà la jalousie d'une foule de sexagénaires lubriques qui rêvent que son mari prolonge ses fantaisies jusqu'aux grilles du paradis, la voilà désormais agressée par des millions de trentenaires pudibonds qui rêvent que son grossier fiston aille sévir en enfer.

Si on ajoute à ça que j'ai promis à Hollande de cesser toutes critiques en échange d'une tente en soie dans les jardins de l'Élysée... ça pue le chômage à plein nez. Samedi, chez les Bedos, les chants de Noël ont des faux airs de *requiem* ! Du coup, dès 16 heures, nous nous gavons en silence, une main sur la Bible, l'autre sur le testament de papa. Je me dirige pépère vers une hémorragie intestinale – alternant le cognac et les rognons de porc mort –, lorsque je suis sauvé ! Par bonheur pour la société Durex et la littérature française, un miracle de 3 kilos vient redonner le sourire à mes lèvres de nègre dépressif : l'une des cinq facebookeuses que j'ai mises en cloque neuf mois plus tôt me gratifie d'un héritier aux alentours de minuit pile ! À ma plus grande surprise, une messe est prononcée dans toutes les bonnes églises. Ployant sous la pression chrétienne, je le prénomme Jésus. Et Abraham. Et Nader. On sait jamais...

Dimanche. Sa jeune maman et moi décidons de partir en vacances avec notre divin rejeton. On débarque à l'aéroport : grève ! Plus un seul larbin sous-payé pour porter nos valises ? Les toilettes sont aussi sales qu'à la maison ! Quelques bourges à la gueule tartinée de crème solaire anti-âge hurlent à la prise d'otages ! Sarkozy tripote ses derniers espoirs électoraux en convoquant la police aux frontières. Du coup, c'est un CRS qui me demande mon billet : nous voilà participant à « Vis ma vie de sans-papiers » ! Choqué par les grévistes, « ce mal typiquement français » (*dixit Le Figaro*, bientôt rebaptisé *La Gazette de l'UMP*), je décide d'embarquer vers la Corée du Nord. Voilà au moins une société qui ne souffre d'aucun trouble-fête ! Demain, les yeux à demi clos de ma progéniture s'ouvriront sur un modèle parfait !

Mardi. Après quarante-cinq heures de vol (les réacteurs – français – étaient en grève), nous atterrissons à Pyongyang (ça se prononce... comme ça se prononce). Ici, tout est propre : pas un papier qui traîne, pas une âme non plus. Aucune queue anarchique devant les boutiques, d'autant qu'elles sont fermées. En visitant la ville, mon bébé se met à pleurer. Obséquieuse en diable, sa mère commence à le bercer comme une couille récalcitrante, ignorant que cet avorton sensible partage tout simplement la douleur d'un peuple depuis peu orphelin de son « cher dirigeant », Kim Jong-il (ça se prononce pas, ça se prie)[1]. S'ensuit un concert de sanglots : ma femme et moi,

1. Le grotesque tyran venait de mourir.

emportés par l'émotion, nous nous lacérons le torse, nous servant de nos ongles pour nous autotatouer le visage poupon de ce géant de 1,22 mètre. Une heure plus tard, à l'opéra léniniste, mon petit Jésus Abraham Nader reluque sans broncher les poupées propagandes, ces ballets de gamines – maquillées comme des putes mais gracieuses comme des roses – qui chantent de leur voix innocente la gloire du moribond céleste. À la fin du spectacle (qui vaut bien une pièce d'Éric-Emmanuel Schmitt), je rapatrie à mon hôtel l'irrésistible soliste de 8 ans. Mais, sur le trajet, me rappelant soudain que je ne suis plus en Thaïlande, je la rends sagement à un garde politique qui se chargera de l'exécuter avant le lever du jour. Ouf ! Et dire que j'ai failli commettre un crime ! Le lendemain, nous visitons de splendides écoles vides, véritables leçons pour ces bahuts surpeuplés de racailles enfumées qui pullulent comme des verrues sur le visage de nos cités ! Puis nous faisons la sieste en pleine nature, au cœur d'une vallée déserte, parmi des fleurs multicolores poussant avec zèle sur les cendres d'un charnier. Quel calme olympien, quelle douceur ! Une nation réconciliée dans la torpeur ; un calendrier social enfin débarrassé de toutes ces élections qui s'acharnent à fâcher la gauche et la droite, Eva Joly et Nicolas Hulot, Pierre Arditi et Jean Reno. D'ailleurs, mon fils, la semaine prochaine, je t'emmène en Syrie.

6 janvier 2012

Promis, ce sera « off » !

Mardi. Attention, scandale hautement politique ! Mardi, vers 14 h 26, François Hollande, pris d'une syncope mentale, a commis LA connerie : drogué par un verre de sauternes et la crème allégée que le chef a versée (telle la madeleine proustienne de son passé gourmand) sur son pavé de saumon, qu'a osé faire François ? Il a pris des journalistes pour des gens honnêtes ! Comment une telle myopie intellectuelle a-t-elle pu s'abattre sur cette boule de pragmatisme ? Je vais vous le dire, car j'étais là ! Ce midi, en sortant de l'Assemblée, mon Hollande est crevé. Il vient d'enchaîner 8 réunions officielles, 5 discours de politique convenue, 4 duplex télévisés, 632 mains serrées, bref, des minutes qui en pèsent quinze, des instants tellement chiants que toute personne normale aurait envie de se pendre aux lustres du Palais-Bourbon.

« Nicolas, j'en ai marre, me dit-il. J'ai la dalle. La dalle du siècle, la dalle de tout : de steak-frites, de blagues racistes entre copains, de beurre salé sur brioches aux raisins, de digressions sexistes et de galettes au sarrasin.

— Ça tombe bien, mon ami, c'est l'heure du déj.

— Y aura qui ?

— Des gens très bien ! Je vais pas te faire picoler avec le staff de *Voici-Ici Paris Match* ! T'inquiète, je t'ai préparé du *off* tranquille, de la presse triple A. C'est la crème de l'info, pas des putes à ragots. Y aura un ponte du *Monde*, un pote de *L'Express*, un baron de *Libération* et un cador du *Parisien*. Tu peux roter pépère sur les agences de notation, jurer sur Ségo et gerber sur Sarko : voilà des gars assez profonds pour ne pas jeter de l'essence sur le feu des petites phrases expulsées de leur contexte !

— T'es sûr ?

— Certain ! Ce midi, tout le monde te veut du bien. La preuve, y aura pas un seul socialo ! Martine est à Lille (où elle recompte – voix par voix – le score de la primaire) ! Quant à Montebourg, en meeting à Megève, il s'apprête à passer sa troisième étoile. Bref, la voix est libre (et mieux sécurisée qu'une partouze au Carlton). D'ailleurs, tire la langue !

— Pourquoi ?

— Tire-la, je te dis ! »

Cet homme, à qui je suis depuis peu ce que Goebbels fut à Hitler, ouvrit grande la bouche, me présentant une langue si solidement boisée qu'il me fallut une hache pour libérer la muqueuse.

« Tu te sens comment ? lui dis-je.

— Léger !

— Maintenant, à table ! »

Face à ce buffet de sourires, François se décrispa.

Assouplissant son régime sec, il osa un œuf mayo (0 %), puis deux pousses de salade (– 3 %). Et ça bavarde, et ça sourit. Le climat de confiance fit office de videur assez souple pour laisser rentrer l'humour dans ce club de réflexion.

« C'est *off*, les gars, ai-je néanmoins rappelé toutes les quarante secondes.

— Bien sûr, Nico, répondirent-ils en chœur, on n'est pas des clébards, vous croyez que ça nous enchante, nous, ces campagnes de vannes approximatives, où plus personne n'ose jacter sans la présence d'un conseiller-communicant-huissier de la bien-pensance mes couilles ? »

Sur ces mots, mon François recouvra un instant ses réflexes de « marrant de l'Assemblée ». Faut pas le chercher : voilà des mois qu'il repeint toutes ses phrases en « gris présidentiable », qu'il ravale ses formules satiriques et retient ses calembours, prenant le risque d'une occlusion comique ! Pauvre Hollande qui, le soir, est obligé, pour se soulager, de faire deux heures de one-man show devant UNE spectatrice – Valérie – qui en a peut-être sa claque de passer toutes ses nuits avec Didier Gustin !

Mais, ce midi, il fut lui-même, poussant la témérité jusqu'à dire des choses qu'il pense vraiment. Sauf que...

Mercredi. Quel ne fut pas notre chagrin en lisant dans *Le Parisien* que, *dixit* Flanby, « Sarkozy est un sale mec ».

Le judas du jour s'appelle Matthieu Croissandeau. L'une des balances qui font du *in* avec du *off*, du premier degré avec du quatrième. Quand je pense que j'ai resservi trois fois du pinard à cette mouche à merde soigneusement déguisée en éditorialiste consciencieux, qu'il a ri de bon cœur, époussetant à cinq reprises la veste du candidat ! Cet épisode, outre le fait qu'il m'a coûté ma place de séguéladre (j'en suis désormais réduit à écrire dans *Marianne*), dépucelle une fois de plus nos héros politiques. Toi, candidat naïf, diarrhéique verbal, écoute-moi attentivement : le journaliste n'est pas ton copain. Même de gauche, même sympathique, sa plume est en Besson armé. On lui demande du clic, du buzz. Trop de pression pour l'éthique. Alors si, désormais, Hollande est chiant, parce que méfiant, il faudra en vouloir à Matthieu Croissandeau – dont les papiers sont aussi véridiques que mon journal mythomane. Sauf que, contrairement à lui, avec moi le lecteur sait d'avance qu'il va lire des âneries.

Jeudi. Une maîtresse de transition vient de me péter à la gueule. Non, je ne suis pas en train d'avouer les élans primitifs d'une compagne discourtoise (si tel était le cas, je le garderais pour moi, d'autant que, mêlée à un désir furieux, la plus rudimentaire expression corporelle le décuple aussitôt), mais enfin, cessons là, il ne s'agit pas de ça. En effet, voilà quelques jours que la poitrine de Vanessa, 20 ans (en public) et 17 (en privé), ne cessait de croître. Passant d'un 90A (décevant, mais naturel) à un 90D (réjouissant, mais suspect). Évidemment, entre deux orgasmes, je m'interrogeais : était-ce l'opération d'un

Dieu soudain très amical ou la croissance soudaine d'une génétique vantarde ? J'eus ma triste réponse en recevant, jeudi, deux morceaux en plastique dans la poire, sans qu'aucune dispute ne justifiât qu'elle me les lance ! Et reprenant conscience, je levai les yeux vers elle : ses obus miraculeux avaient cédé la place à deux paniers aussi percés que son mystère.

C'est aux urgences, puis devant le JT, que nous apprîmes le scandale des prothèses mammaires de la marque PIP qui, aux dernières nouvelles auraient été conçues à l'aide d'un « additif pour carburant* ». Pauvre petite chérie, qui vient de perdre nos deux plus beaux enfants – fussent-ils en silicone. Je lui souhaite une belle vie et un heureux procès. Et je retourne, tête baissée, dans les bras du fantôme de mon ex.

13 janvier 2012

---

* *Véridique. Aujourd'hui, le patron de cette société passe ses nuits blanches en taule.*

Liquidation totale

Lundi. C'est la semaine des soldes. Xavier Niel, le P-DG de Free – qui est à Steve Jobs ce que Loana est à Grace Kelly – annonce des offres « étourdissantes ». Et la presse nous impose sa bidoche à la une. Il y a quelques années, ce « bon plan hypermarché » se serait vu récompensé par un modeste encart publicitaire mais, vu que c'est la crise et que la moindre ristourne change davantage nos vies flippées que l'abolition de la peine de mort, voilà ce VRP propulsé « abbé Pierre de la téléphonie mobile ». On starifie un grossiste : il a son couvert au JT et sa stèle réservée aux VIP du Père-Lachaise. Faut dire que son pitch est passionnant : pour 19,99 euros par mois, le Français supermoyen va pouvoir envoyer aux raclures qui l'entourent un nombre illimité de textos crétins, facebooker des photos de ses vacances de trois jours à La Plagne et échanger sur rien pendant quinze heures de suite, en ayant enfin le temps d'évoquer tous les romans qu'il ne lit pas, les grands films qu'il évite et la misère soudanaise qu'il soupçonne à peine.

À ceux qui me reprochent de dresser un tableau quelque peu méprisant de ce que les gens appellent « les gens », je réponds : « Sans doute mais, pour en parler mieux, encore faudrait-il que je les rencontre plus souvent ! » Car mes amis, les vrais (ceux qui s'invitent chez moi depuis que je vis dans un triplex), ils se contrefoutent de ton forfait illimité : ces aristos du box-office m'écrivent à la plume d'oie, je mate les photos de leurs vacances dans *Gala*, leurs fins de soirée dans *Paris Match* et, lorsqu'un pote me manque, je lui écris dans *Marianne*. Mes textos et mes ruptures s'achètent en kiosques ! La preuve :

Mardi. Elle me manque. Comment vas-tu mon ange ? Réponds-moi dans les petites annonces de *Libé*.

Mercredi. Les soldes continuent au ministère de l'Intérieur. Guéant annonce, en se frottant les chiffres, la grande liquidation de tous ces Nègres égarés, ces Roms qui font bronzer leurs jambes amputées aux feux rouges de l'avenue Foch et autres Bicots en vacances prolongées. Aux esprits sensibles (ceux de la gauche infirmière-suicidaire dont je suis) qui estiment que c'est en larmes – et non en rut – que Guéant aurait dû exhiber son « record » de 32 912 âmes expulsées en 2011, la droite répond ainsi lutter conte l'extrême droite. « Ne laissons pas le terrain à Marine, la VRAIE méchante. » Pas faux. Moi-même, s'il m'arrive de violenter sexuellement quelques pucelles de 14 ans, c'est pour ne pas laisser ce plaisir à un VRAI pédophile ! (Faudra que je pense à supprimer cette phrase.) Sauf que personne n'empêchera quelques idéalistes rigides de penser qu'à force de plagier l'héritière blondasse, celle-ci est déjà au pouvoir : oui, elle porte des lunettes d'inspecteur des impôts, une tête de bite sous Prozac et on l'appelle... Claude Guéant.

Samedi. Les soldes continuent aux terrasses de Saint-Germain. Fraîchement célibataire (dès que je peux faire semblant de m'en plaindre pour déclarer à toutes les autres que je suis enfin disposé !), je balade mon caddie dans les supermarchés du cœur (l'écrivain faux-cœur place toujours le mot « cœur » là où un autre s'imposait). Comme c'est les soldes, j'en profite pour tester de tout nouveaux produits. En effet, à ce prix-là, pourquoi pas oser les rousses ? Rien qu'une fois dans ma vie, coller ma peau hâlée contre la viande blafarde d'une post-Botticelli, tordre le cou à ce cliché selon lequel une chevelure de feu exhale forcement le parfum singulier d'un chat crevé. Et cette brunette aux courtes pattes qui traîne là-bas comme un chiffon, au rayon – 60 %, elle passera pas l'hiver, certes, mais ne serait-ce que pour un soir, une « inflation » expéditive qu'elle peut exécuter debout, ça vaut le coup d'essayer ! les soldes, c'est l'audace : le Perfecto ressuscité et la moche recasée.

Dimanche. Un peu de vérité en cette fin de papier ? Je suis triste, mon chou. Tu t'en fous ? Je m'en fous que tu t'en foutes ! Je m'en fous complètement. Tu sais pourquoi ? Quelqu'un s'en va, demain matin.

Pour toujours. En tout cas pour si longtemps que, lorsqu'elle sera de retour, je serai critique à *Minute*. Elle s'installe à L.A. Quel mauvais goût ! Cette apparatchik de la franchise se jette à corps perdu (et parfait) dans le vivier des hypocrites : des centaines de Tom Cruise hétéro lui miauleront : « *You're so cute.* » Et elle n'est pas « *so cute* » : elle est *so* odieuse, *so* tendre et *so* divine. Mais lasse, hélas : trois ans à supporter un vrai-faux mythomane, 13 offenses télévisées, 30 maîtresses de fiction, avec détails – bidons, certes, mais sordides –, 400 provocations et des excuses peu inspirées. Trois ans à espérer qu'une petite vedette qui grimpe... ne s'éloigne pas pour autant. C'est à vous dégoûter des succès de l'homme qu'on aime. De mon petit Paris coupable, je lui souhaite le meilleur. Dans la vie comme dans son lit : Barack Obama ou rien ! Ma vérité cachée s'envole. Et nous n'aurons pas fait d'enfant – à part elle, qui l'était trop souvent : je perds donc femme et enfant. Bref, y aura du monde dans cet avion. Je ne citerai pas leur nom : Pom, Pom, Pom... Et puis s'en va. Pom. Le « printemps » en coréen. Trois ans. Ça valait bien un « vendredi ». Allez, stop : n'est pas Christine Angot qui veut. Et je ne le veux pas ! Rideau.

20 janvier 2012

L'amour dur

Lundi. Certains se séparent trop vite, et d'autres pas assez : d'après le juge, Mamie Bettencourt restera jusqu'à sa mort sous la tutelle de sa fille ! Ne fais pas cette tronche, Liliane, et rappelle-toi plutôt ce beau matin ensoleillé du mois d'octobre 1953 : c'est l'époque où, en France, tout le monde travaille – à part toi ; le temps béni où tu n'es pas obligée de tremper tes peaux dans un seau de crème Revitalift pour que ton front soit aussi lisse qu'un billet de banque à peine surgi d'une imprimerie suisse ; le ciel est bleu roitelet. Tu ouvres les rideaux et découvres une nature presque aussi riche que ton papa. Au loin, quelques maisons que tu n'as pas encore rachetées et les silhouettes graciles d'un personnel zélé que tu n'as pas encore viré. Derrière toi, dans le lit, André – l'homme de TA situation – ronfle son château-margaux cuvée 39 – celle des promesses nazies et d'une France sans kippas. Tu le regardes avec désir : est-ce le chant des rossignols ou les récents bénéfices de votre firme bruxelloise... Toujours est-il que tu le suces. Tu le pompes avec la fougue d'une soubrette païenne. Si bien que les veines de son sexe vénal te paraissent brusquement plus dures qu'un lingot d'or pur ! Soudain, malgré l'extase de cette humiliation, tu décides de te retirer juste avant qu'un baume anti-âge première génération raffermisse tes lèvres gercées par trente-cinq ans de propos futiles. « Non, mon chéri, lui murmures-tu, ne venez pas tout de suite : transformons ce péché buccal en coït miraculeux. » Soulevant ta traîne de soie, tu l'as chevauché tel un pur-sang arabe – mais assimilé – en beuglant quelques « canaille métèque ! » et autres « bourgeoise enjuivée ! » vous avez tricoté la promesse d'un embryon. Ce même embryon qui, cinq dépressions et 75 kilos plus tard, t'accueille ce soir sur le perron de ton cachot familial.

« Bonjour, maman.

— Ta gueule.

— Je t'aime, tu sais, je veux juste te protéger de toi.

— C'est pas pour moi que je suis dangereuse : t'approche pas ou je t'enfonce mon dentier dans le rectum.

— Mais tu es ma maman...

— J'aurais préféré accoucher d'une méduse ou d'un bracelet électronique.

— D'accord mais moi, je ne te trahirai jamais.

— Ta naissance est une offense. Ta gueule est une trahison. Quand je te regarde dans les yeux, j'envie les jeunes d'avoir accès aux préservatifs. Si j'avais su que ça finirait comme ça, je me serais fait avorter avec un tournevis.

— Tu finiras bien par m'aimer.

— Bien sûr, ordure. Quand j'aurai TOUT oublié ! À commencer par le fait que tu es ma fille. Le jour où je t'appellerai “monsieur le juge”, l'alzheimer m'aura rendu un sacré service. En attendant, tu fais rien pour que je t'oublie. J'ai beau te cracher dessus dans la presse, t'attaquer en justice, tu me colles au train comme une mycose !

— Je resterai toujours auprès de toi.

— Je sais ! Va falloir te ceinturer pour que tu me suives pas dans le trou ! Si ça se trouve, au paradis, tu seras encore là à vérifier si je discute avec Gandhi, Himmler ou Arletty.

— Tu ne penses pas ce que tu dis.

— Je le pense depuis toujours. Si j'avais vu l'échographie, je t'aurais trouvée moche. La première fois que t'as dit “maman”, j'ai loué une nourrice. »

Sur ces mots complices, la mère s'assoupit à l'ombre de sa fille. Dans un demi-sommeil (ces instants de repos qui préparent au coma), la vieille sentit le baiser humide posé par sa progéniture sur son front carbonisé par des années de paradis fiscaux. Puis elle balbutia : « Et ils disent que l'argent, c'est la liberté ?... S'ils savaient la chance qu'ils ont. » Puis elle mourut. Seule.

Enfin seule.

Tandis que Mélenchon saisissait ses biens.

Mardi. Refusant de tremper dans ce qu'Edwy Plenel appellerait aussitôt « un conflit d'intérêts », je ne me servirai jamais de cette page pour parler d'un film dans lequel je joue. Faut pas déconner ! Le chroniqueur a des devoirs ! Pas autant que le journaliste (qui doit bien se faire chier), mais il en a un peu. Du coup, de même que la semaine dernière je ne me serais jamais risqué à quelques confidences d'ordre sentimental, ce n'est certainement pas moi qui t'imposerai à toi, innocent lecteur d'un bulletin socialiste, une promotion sournoise de *L'amour dure trois ans*, excellente première « sottie » du boute-en-train-touche-à-tout-tête-à-claques Frédéric Beigbeder (le seul type assez lucide pour se critiquer toute la journée et me fréquenter la nuit), avec le non moins séduisant Gaspard Proust (reflet méchant – et franc – du premier) et l'irrésistible, que dis-je, l'incandescente, que dis-je, la trop maquée Louise Bourgoin (la seule Julia Roberts à moins de 300 000 euros par film). Non, je n'en parlerai pas, d'autant que je n'y fournis qu'une très brève et très plate prestation, Beigbeder ayant préféré confier le seul rôle consistant au nez protubérant d'un comique réactionnaire. Bref, je n'oserai jamais écrire que ce film est gracieux (comme son auteur, en public), modeste (comme son auteur, en privé), drôle (comme ses acteurs), et délicieusement creux (comme un amour qui dure... une heure et demie).

Jeudi. Enquête sur le naufrage du *Costa Concordia* : le capitaine s'est fait la malle ! J'adore. Son bateau coule, sans doute par sa faute, il sent que ça merde, du coup, plutôt qu'endosser le rôle plutôt ingrat d'un DiCaprio héroïque se givrant les roubignolles dans une carlingue du *Titanic*, le gars se dit : « Soyons moderne, réaliste... Courage : je me tire ! »

À l'heure des hyperprésidents qui bidouillent des sauvetages en silicone frelaté, quelle leçon d'humilité, quel brave aveu d'incompétence. « La vie des autres contre la mienne ? Bah... Non. » C'est dit ! Pour des raisons personnelles, il a préféré la sienne. Comme quoi, cette semaine, c'est le règne des cyniques pénitents et le triomphe des impuissants : j'ai raté ma fille (Bettencourt), mes amours durent trois ans (Beigbeder), je sais pas quoi faire pour le bateau. Vive les morts vivants.

En espérant qu'une héroïne redresse la barre de mon cœur claudicant et que François Hollande se rende aimable plus de trois ans... Je te souhaite, cher lecteur, le plus doux des naufrages.

21 janvier 2012

Revue de presse

Jeudi. La silhouette de Claire Chazal fait la une de *Paris Match.* Ce n'est que la 127e fois en six mois. Elle est si lumineuse que personne ne s'en plaindra ! Excepté toutes ces quinquagénaires dépressives que la jeunesse têtue de la vedette du 20 heures précipite chez le chirurgien ou dans la spirale des complexes. Soyons franc, la « Beauté » – du moins celle que la presse légifère – est LE critère suprême. C'est de pire en pire. Moi-même, dans mon journal, au profit d'un trait d'esprit fort discutable, je ne cesse de moquer les « boudins », « gros derches » et autres « faces de sole », tentant de ramasser quelques rires coupables en blessant aussitôt une majorité de jeunes femmes depuis longtemps fâchées avec leur balance. Je ne suis pas fier, ni de moi ni de cette puérilité médiatique. Partout, des bombes aux jambes interminables, des rides gommées sur Photoshop (« voilà comment l'homme les verrait s'il était bourré ») et des propagandes de régime plus dangereux les uns que les autres.

Les actrices ? Qu'elles soient jeunes et jolies ! Les journalistes ? Jeunes et jolies ! Les sportives ? C'est fortement recommandé. Les femmes politiques ? Pareil ! Jugées sur leur fessier et l'harmonie de leur tronche. Ségolène Royal ? « N'a-t-elle pas vieilli ? » interroge un quotidien prétendument sérieux pendant qu'un autre analyse, ce matin, son nouvel ensemble Givenchy. Merkel ? C'est la fête du sarcasme ! Même les hommes – je parle de ceux qui sont censés diriger la planète et non gagner un Golden Globe – les voilà pesés en fonction de leur... poids ! Hollande ? « Mou du genoux », « Tête d'œuf », « Flanby », « bouche bovine », etc. De lourds essais sur son régime et quatre lignes sur son programme. Sarkozy ? « Petit, cul bas, gambettes arquées. » Forcément complexé, forcément suspect. Des plumes très prestigieuses se laissent aller à des commentaires dignes du site Voici.fr. avec farandole de bassesses : « Le nain », « la talonnette », etc. C'est tentant, j'en sais quelque chose, moi qui ne me prive d'aucune outrance pour assombrir l'image d'un politicard dont je souhaite le départ. Mais tout de même. Dans la bouche d'un comique, passe encore. Mais sous le Waterman en acajou d'un politologue ! Au XXIe siècle, l'enveloppe triomphe encore ?! Après des centaines de débats freudiens sur *le scandale originel des injustices physiques et sociales,* le « vivre ensemble »... Ne redresserons-nous JAMAIS le niveau de nos critères ? Cesserons-nous un jour de dénoncer cette actrice bouleversante parce qu'elle a osé forcer sur le moelleux au chocolat ou le château-lafite ? Il paraît que, selon un schéma sado-masochiste, ce sont les lectrices elles-mêmes qui réclament des canons en une de leur « hebdo ». « Elles aiment souffrir », prétend la rédactrice en chef d'un célèbre féminin. « Non, rectifie une consœur, elles se rêvent dans le miroir idéal d'une autre, oubliant leur "misère esthétique" dans les cannes de Kate Moss. » Comme le chômeur qui passerait des plombes à s'infliger un reportage minable sur la jet-set tropézienne, il s'agirait donc de nourrir une névrose mondiale. « J'en chie à mort en matant celle que je ne serai jamais, mais je préfère ce supplice à celui d'admirer ma sale gueule sur papier glacé. » Fais ce que tu veux, lectrice, ça ne m'empêche pas de trouver dommage que l'exquise Claire Chazal soit aussi fière de sa jeunesse et qu'elle nous fasse becqueter sa félicité dans les kiosques. Chaque année, elle nous murmure : « Regardez ce corps, je n'en reviens pas ! Essaie un peu, pour voir. » Cette femme fort aimable, que je connais un peu et que j'estime vraiment, possède des qualités qui surpassent largement son tour de taille et la netteté de son teint. C'est pourquoi je propose qu'elle entame plutôt une thérapie publique dans *Psychologies Magazine.* Un entretien-Prozac avec un éminent confesseur qui tenterait de soigner enfin cette fierté « mal placée », symptôme d'une époque à peine frivole. Peut-être qu'au final, à travers l'analyse de notre Chazal nationale, ce sont des milliers de mamans « déclinantes » qui cesseraient de courir derrière leurs bons points plastiques. On a le droit de rêver ! Seule certitude, dont ne parle pas Irène Frain dans *Match* : très bientôt – oh bien plus tôt que tu ne le penses –, nous serons tous moches et flasques ! À commencer par celui qui te parle (et se la pète au cinéma) : mes poches vont gonfler, mes tablettes de choc vont fondre, mon cou pendouiller, mon sexe ramollir encore davantage, mes mains se tacher, ma voix s'érailler, mon dos se courber, mes poils pousser dans mon nez posté comme un vautour au-dessus d'une bouche plissée. Demain, Claire et moi ressemblerons à ces vieilles pommes fripées que seuls les psychopathes – et les génies – acceptent encore de croquer. Puis à deux cadavres. Moralité (s'il y en a une) : ce n'est pas la jeunesse qu'il faut afficher – et applaudir – de façon aussi obscène, c'est la Mort, cette bonne vieille faucheuse qui poirote dans le miroir. Souriez-lui, bande d'imbéciles, car, dans ce monde trompeur, elle constitue assurément LE phénomène inéluctable.

Vendredi. La presse de gauche se transforme doucement en... Jacques Séguéla. Il faut dire que Hollande, leur champion (et le mien), les inquiète chaque jour un peu plus. Du coup, du *Nouvel Obs* à *Marianne* en passant par *Libé*, les éditorialistes gauchisants se vident les méninges pour garnir celles d'un candidat dont « le manque d'audace », « la carence romanesque », « le déficit de charisme et de fougue », tourmentent leurs espoirs de victoire. C'en est presque émouvant : aucun d'eux ne le condamne, personne ne le juge. Ils n'en sont même plus là : les critiques ont fait place aux conseils fraternels (insistants, certes, mais amicaux). Un peu comme une brochette de profs bienveillants poussant au cul l'élève sur le point de redoubler. Dans *Marianne*, Domenach et Neumann dressent – très brillamment –

la liste des pièges qu'il doit éviter et des habitudes qu'il doit d'urgence abandonner. Du coup, je me glisse cinq minutes dans la peau de Hollande qui se fait apostropher par son propre camp, de papelards en papelards, de coups de main en prière. Je l'imagine, Stabilo en main, soulignant la bonne idée que Joffrin vient de lui souffler ou la remarque vigoureuse que lui soumet Maurice Szafran. « Merci Laurent, je vais essayer... OK, Maurice, c'est bon, t'as pas tort sur ce coup-là, je vais voir ce que je peux faire. » En fait, à l'approche de l'élection dite suprême (l'est-elle vraiment ?), la presse de gauche ne rédige plus d'articles, elle envoie des textos à « François » ! On se surprend à espérer que tous ces conseillers gratos le fréquentent la nuit tombée, chacun lui rappelant de vive voix, avec trémolos et froncement de sourcils, le conseil publié la veille. Paradoxe : presque tous l'implorent de « n'écouter personne », de « trouver SA voix », de sculpter « sa propre statue ». C'est un peu comme si j'écrivais à une petite amie : « Mon amour, je te serais gré de ne pas lire ce texto, mais ce soir, nom d'un cul, surprends-moi, par pitié : trouve un resto auquel je n'ai jamais pensé, fais-moi l'amour d'une façon inédite ET spontanée, mais surtout fais en sorte que ça ne vienne surtout pas de moi. »

Rendez-vous dimanche, au Bourget : assistera-t-on au décollage d'une fusée, d'un mirage 2012 ou aux toussotements d'une vieille tire ?

Samedi. Beigbeder est partout ! En couverture des *Inrocks*, du *Parisien*, à la télé, sur Internet, à la radio, et même aux Guignols : il est là. À peine dissimulé derrière Louise Bourgoin, Gaspard Proust et JoeyStarr, les vedettes de son Amour qui dure décidément trois ans. Comme il m'appelle parfois entre deux putasseries : impression étrange d'avoir ce multimec au bout du téléphone, dans mon ordinateur, dans ma télé... Dans mon lit ? Presque ! Bref, au hit-parade de la présence médiatico-culturelle, cette semaine, c'est lui le patron. Aussitôt, dans Paris, j'entends des voix s'élever, les aigris arborant leurs canines jaunies : à les entendre, c'est copinage et compagnie. Comme si ce dandy autodérisoire distribuait des biffetons d'amitié à toutes les rédactions ! Mais non, tristes paranoïaques ! Ce serait trop simple... et trop cher, même pour lui ! De même que mon célèbre patronyme n'est franchement pas pour grand-chose dans ma présence fugitive, Beigbeder fait le buzz parce que son sujet et sa troupe font vendre du papier. C'est mathématique : Gaspard Proust est le plus singulier (et le plus méchant) des marrants actuels : personne – sur scène, du moins – ne va aussi loin dans la provoc militante ; il vendrait sa mère et l'hypothèse d'un grand amour pour une formule tapageuse. En promo, qui fait la gueule aussi bien que lui ? Ça change des sourires en latex. Quant à Louise Bourgoin, dois-je te rappeler – jeune internaute – l'effet qu'elle te fait chaque fois qu'elle s'esclaffe à l'antenne ? Cette fille est presque aussi belle qu'une actrice américaine. C'est dire si, en prime, elle est drôle ! Ajoute à ça JoeyStarr, ce nouveau fauve du cinéma qui n'en finit pas de décevoir les ploucs qui le prenaient pour une brute. Rajoute un soupçon de

Valérie Lemercier et verse sur l'ensemble une séquence baroque où votre humble serviteur s'affuble (sans scrupule) d'un micropénis, et tu admettras qu'en cette période de tiédeur scénaristique, Frédéric Beigbeder n'a guère eu besoin de graisser les pattes. Je n'en aime pas toujours l'odeur, mais ce gars-là brasse l'air du temps. Demain, on lui saura gré d'avoir, mieux que quiconque, représenté hier.

22 janvier 2012

L'adieu à Jean Dujardin

Mardi. Dujardin nominé pour l'Oscar du meilleur acteur ! Après sa troisième étoile obtenue aux Arcs 2000, son 7 d'or, son prix à Cannes, son Golden Globe, et en attendant sagement la Légion d'honneur, la croix de guerre, la présidence de l'ONU, puis la canonisation de son vivant, mon pote poursuit NOS rêves. Et toute la France fait le coq devant sa poulette aux yeux d'or ! Même Romain Duris et Vincent Cassel se font filmer sabrant le champagne (tout en se taillant les veines de l'ego). Jean transpire une telle bonté que même Jean-Louis Tricart (langue de pute sur Twitter cachée derrière le pseudo « Big Dick » et une acné tardive), même Jean-Louis qui dégueule tout ce qui brille (et tout ce qui, en brillant, lui rappelle aussitôt ce mur métaphysique dans lequel la bagnole de sa *life* s'apprête à s'encastrer), même lui, qui trouve que Guillaume Canet doit tout à sa femme, que Charlotte Gainsbourg doit tout à son père et que son voisin chômeur doit tout à nos impôts, bref, même lui et même toi, Sylvain Pouilleux – pustule d'aigreur, furoncle d'amertume lepénisante – même toi tu te surprends à être content pour Jean. Comme si c'était toi, tu te mires complaisamment dans ce modeste provincial muté en superstar.

« Ah, lui c'est pas un de ces bobos démoulés trente ans plus tôt par une rentière du 16, craches-tu. V'là un gars qui revient de loin... Comme mon fils ! »

Tu l'as vu suer sur M6, dans des sketchs digestifs qui sont à *The Artist* ce qu'Hervé Morin est au général de Gaulle, puis t'as adoré le voir s'engueuler avec sa femme tous les soirs dans ton salon (ce qui te dispensait de gueuler sur la tienne pendant plus de cinq minutes), bref, son ascension vers l'Amérique était déjà américaine. Du coup, on sort les cotillons, ambiance 14 Juillet, tout le monde se tripote la cocarde... Et moi ? Je chiale !!! À peine avais-je trouvé le bon cheval (en box-office, cuites et tendresse) qu'Hollywood me cambriole ! Qu'on me rende sur-le-champ mon pur-sang béarnais !!!

L'Amérique lui taille une pipe, mais le chômage me fait du pied ! Ce matin, comme tous les jours, j'ai traversé la rue et j'ai sonné chez lui – qui rénove un triplex (parquet ancien, colonnade, vue sur Alexandra Lamy, exposition plein sud) juste en face de mon taudis (45 m^2, carrelage Saint-Maclou, vue sur les affaires de mon ex, exposition pôle Nord). D'habitude, c'est lui qui m'ouvre, avant qu'on vide un pack de bières en se grattant les neurones. Là, je tombe sur deux vigiles qui me fouillent jusqu'au point G (quatre prises de sang et trois *finger's coïts* !). Dans la cage d'escalier, c'est une queue siffrédienne digne d'un jour de soldes ! J'aperçois Francois Hollande qui bavarde avec Fillon tandis que Mélenchon s'esclaffe un peu plus loin aux blagues racistes de Claude Guéant. Quelle partouze de courtisans ! Je réveille la mère de Jean, qui s'était endormie sur les genoux d'Eva Joly. Même sa femme fait le piquet devant chez elle, violemment refoulée par une attachée de presse distraite.

Deux heures plus tard, un nain en smoking vert s'approche de moi d'un air hautain :

« C'est bon, il vous attend...

— Super !

— Vous avez trois minutes ?

— Trois minutes ? !

— Oui, pour l'Europe, c'est trois minutes. Vous seriez chinois, vous auriez un quart d'heure.

— Qu'est-ce que les Niaks ont de plus que nous ?

— Cinq milliards d'entrées potentielles. »

Jean me reçoit dans sa chambre et il me tend une main molle, me marmonne un « *Hello* » d'une voix nasillarde et d'un ton nazillon. Soudain, l'employé de petite taille lui tend une coupelle en argent dans laquelle ma vedette s'est vidé la vessie, avant de cracher sur une moquette qu'une armée de Philippines *topless* s'est empressée de lécher. Je ne sais plus où il habite !

« Comment vont les enfants ? me suis-je permis de demander, l'obligeant à galocher sa boueuse réalité.

— *I don't know,* me dit-il. Je les ai expédiés en Suisse, avec ceux de Mel Gibson. Je les récupère en 2016. En attendant, j'en adopte d'autres, environ un par jour, sur les conseils de Brad et Angelina. Tiens, regarde le catalogue : y a toutes les couleurs. En ce moment, la mode est au violacé afghan. Ce matin, j'hésitais entre un albinos malgache et une rouquine de Saigon. Les Viets, c'est mimi quand c'est petit, mais paraît qu'elles prennent des hanches à la puberté. Plate ET large, non merci. J'ai déjà l'écran plasma ! »

Ne sachant plus quoi dire, je l'ai branché sur nos projets de cinéma. Il a éclaté de rire :

« Tu t'es vu, mon Nico, avec ton ironie de tapette parisienne, t'es même pas une vedette entre les chiottes du Café de Flore et la cuisine des Deux-Magots, alors tu penses qu'à Chicago... Attends, deux secondes, c'est Spielberg qui m'appelle : il me propose d'incarner Martin Luther King.

— Quoi ?! T'es bon acteur, mon Jean, mais t'es pas un peu blanc ?!

— Et alors, p'tite bite ?! Aux États-Unis, avec la *motion capture*, ils te transforment en ce que tu veux ! DiCaprio va jouer Mao et Tom Cruise bosse sur la bio d'une grenouille violoncelliste. Ils ont des idées de fous, alors toi et tes vaudevilles gaulois, je vous laisse à Dany Boon.

— Mais, mon Jeannot...

— Ta gueule, tu vois tout en minuscule : c'est le rez-de-chaussée dans ton cerveau... Et moi, à partir de maintenant, je bosse avec des buildings neuronaux ! »

Là, le nain m'a tiré par la fesse gauche et m'a conduit dans la cave – où des silhouettes s'agenouillaient devant des photos de Jean éclairées à la bougie. À travers les fumées d'encens, j'ai reconnu Patrice Leconte, Jacques Audiard et les Bertrand (Tavernier et Blier) qui se recueillaient dans un silence cancéreux.

« Vous aussi, vous aviez des projets avec lui ? m'ont-ils demandé entre deux sanglots.

— Oui.

— Toutes mes condoléances. C'est une période catastrophique, après Marion Cotillard, c'est le deuxième qui nous quitte en deux ans.

— Mais attendez, les gars, y a pas qu'eux dans ce pays !

— Non, il nous reste Franck Dubosc et Mathilde Seigner. »

C'est à ce moment précis que l'idée de suicide m'a saisi.

Adieu Jean. Et *good luck.* Nous t'avons tant aimé. *Fuck.*

3 février 2012

L'arrogance hollandaise

Lundi. À force de nous vendre la peau d'Hollande avant d'avoir tâté le cadavre de ses concurrents, la presse de gauche va réussir l'exploit de rendre Sarko émouvant ! Hier, j'ai bien failli verser une larme devant mon petit Sarkozy. Qui l'eût cru ? Du yacht de Boloré au *Concordia* de l'Élysée, cet ancien roitelet de la frime me fait presque pitié ! Et je ne suis pas le seul : observez un peu ce couple de Suédois[1] qui l'interroge à la télé (en caressant sa fontanelle de nourrisson présidentiel), n'est-il pas bouleversé par ce bientôt chômeur qui s'accroche aux dorures avec l'œil pétrifié du Roumain interpellé par Claude Guéant ? Quelques mauvais sondages plus tôt, au moment même où la Madonna corrézienne électrisait l'Olympia du Bourget, on a vu son rival en Guyane, le cul coincé dans une barque d'infortune, scrutant la surface de l'eau comme s'il s'interrogeait : « Je saute ?

1. Delahousse et Chazal.

Je saute pas ? Je préviens Carla ? Est-ce qu'elle m'aime vraiment, celle-là ? Je saute ! »

Et la presse « hollandaise » de constater le décès. « Rien ne peut plus nous battre », se tripote carrément l'éditorialiste d'un hebdo prestigieux que je ne citerai pas (d'autant que je n'ai rien contre Laurent Joffrin). « Un président perdu », titre *Libération*, aussi modéré pour son camp que *Le Figaro* pour ses cons. Faites gaffe, les gars ! Si on fait péter le champagne trop tôt, j'en sentirai plus les bulles dans trois mois ! Laissez-moi le déboucher dans cette chambre d'ami qu'on m'a promise à l'Élysée. Moi aussi, j'ai déjà des idées pour refaire la déco – avec ou sans Valérie Damidot –, mais je les garde pour moi ! Victorieux graphomanes, n'allez pas tout gâcher ! Car, de même que le footballeur n'est pas responsable de la barbarie de ses supporteurs, je souhaite à Hollande de ne pas payer trop cher l'arrogance des siens. Rappelez-vous : la semaine dernière, il nous consternait. Vous vous vidiez les méninges pour garnir celles d'un candidat dont « le manque d'audace » et « le déficit de charisme et de fougue » saccageaient vos espoirs de victoire. Cette semaine, c'est à la fois Jaurès, Tony Blair et George Clooney ! L'actualité, c'est un cours d'histoire raconté aux victimes d'Alzheimer. Vive le doute, camarades ! Car il paraît que l'électeur, lorsqu'il s'engouffre sensuellement dans l'isoloir, ne consulte pas nos derniers sondages. Il paraît même qu'il ne consulte pas ce qu'il a lui-même pensé la veille. Alors : chuuuut... La seule chose que je sais, c'est que tu n'en sais rien !

Mardi. François Hollande me charge personnellement du cas Chevènement – dont la candidature, mycose de dernière minute, risque de lui becqueter l'électorat grabato-souverainiste. À 8 heures, je me rends donc à la maison de retraite des Bougainvilliers, ravissant mouroir bourgeois. Dans le petit parc – où s'affrontent un déambulateur et deux fauteuils roulants –, il fait si froid que j'ai l'impression de vivre dans un échange de regards entre Catherine Deneuve et Kristin Scott Thomas. Comme je ne trouve pas Jean-Pierre, un infirmier de couleur me renseigne en grelottant.

« Vous voyez Chirac et Giscard qui se balancent des boules de neige sur le banc près de l'étang ?

— Oui.

— Bon, vous voyez l'anorak rose qui gigote à leurs pieds ?

— Oui.

— Bah, c'est lui.

— Qu'est-ce qui fout par terre ?

— Un château de glace. Il construit l'Élysée. C'est thérapeutique. Le problème, c'est qu'au printemps, dès que ça fond, il replonge dans le coma jusqu'à la prochaine présidentielle.

— OK, merci », ai-je dit, en saluant cet immigré rwandais à qui le givre francilien faisait presque regretter la canicule des génocides.

Puis je suis allé m'accroupir près de papy casse-couilles.

« Bon, Jean-Pierre, que ce soit clair : on te laissera pas refaire le coup qui a fait perdre Jospin... Si tu te retires pas demain, je te fais avaler ton dentier par l'urètre. »

Il a tenté d'appeler à l'aide, mais j'ai aussitôt brandi une seringue de curare...

« Qu'est-ce que tu veux en échange, tête à gifles ? Une retraite à Miami ? Une croisière en Italie ? Ça te ferait pas kiffer de clamser en maillot de bain ?

— Je m'en fous, du climat. Je suis né à Belfort, même les Anglais n'osent plus y aller tellement qui fait moche. L'une de mes roubignoles n'a pas dégivré depuis l'hiver 43 : je la trempe dans mes whiskies.

— Alors, tu veux de l'argent ?

— Non.

— Des circonscriptions ?

— Non.

— Tu veux quoi ?!!

— J'aime pas les brocolis. Josiane, à la cantine, elle nous en colle à toutes les sauces. Déjà que j'aime pas les légumes verts, alors les brocolis... Surtout ceux de Josiane...

— Tu veux quoi à la place ?

— Des nouilles fraîches... À la tomate. Avec plein de gruyère dessus. J'aime bien le Kiri, aussi. C'est facile à mâcher.

— C'est noté. Rien d'autre ?

— Si. Le ministère de l'Intérieur...

— Oh, toi, recommence pas ! Ça t'a pas suffi d'imiter Pasqua pendant deux ans et demi ? Oublie.

— Et le ministère de la Culture ?

— Non, mon JP, je suis désolé, mais c'est déjà réservé par Yannick Noah. C'était le prix de son concert au Bourget. Il sera ministre en alternance avec Pierre Arditi et Benjamin Biolay. Quant à moi, je serai bientôt ministre du Tourisme sexuel, afin de consolider l'axe franco-indonésien.

— Il reste quoi ?

— Les Sports... Mais c'est pas raisonnable... C'est comme si on foutait Johnny à la Santé.

— Les Anciens Combattants ?

— Ah... là, tu seras pas dépaysé. Vous pourrez mâcher vos nouilles en chantant *La Marseillaise.*

— Avec du Kiri ?

— Avec du Kiri. Promis. »

On s'est serré la moufle, et j'ai laissé l'ancêtre contempler son palais des glaces présidentiel, sa future flaque de flotte.

La politique est un naufrage.

10 février 2012

Mon banquier, ma passion

Dimanche. Toutou facho a encore déguelé. Notre ministre de l'Intérieur ne sait donc plus quoi dire pour sucer l'électorat de la blonde frontiste. Nom d'une pipe molle : qu'il la saute, une bonne fois pour toutes ! Vas-y, Guéant, un peu de courage ! Mélange ta salive à ses voix dans votre lupanar raciste, lèche-lui les sondages, tète-lui l'orteil patriotique, allez, Claude, va au fond, pompe-lui l'extrême droite, et puis remonte un peu, caresse-lui l'ouvrier blanc, tout en malaxant son pied-noir niçois, tripote-lui le mamelon sécuritaire, attention, va pas trop vite, retiens-toi, mon Claudio, traîne un peu sur le social, taquine-lui *La Marseillaise* et les valeurs chrétiennes, puis redonne de l'énergie : défonce-lui l'orifice de la haine et ravale ton euro... Puis, à nouveau, tout doux : quelques murmures européens, fais une pause, fume une clope républicaine, téléphone à Merkel, et là, tu RETOURNES dans Marine, tu lui fouettes les Arabes, tu lui pinces les Nègres, tu la tiens par le bout de la lorgnette, tu vas la faire crever d'extase et tu pourras enfin juter dans cette urne remplie par ton abjuration.

Lundi. Toujours célibataire. D'où le caractère obscène que prend souvent ma prose ! Je traîne mon désir au chômage dans les ruelles branchouilles de mon quartier bobo (bobo se dit d'une zone ni prolo, ni aristo ou d'un type solvable, sympa et raffiné). Ici, la mode est aux garçonnes – blazer blasé, frange cradingue sous chapeau vert moutarde, cernes cernés par des Ray-Ban en plastoc blanc coke et baskets préusées par des stylistes scandinaves). Sauf que moi je préfère l'institutrice ringarde aux jupettes de longueur hypocrite et aux talons-anguilles, ou alors, dans un genre plus fleuri (Mérogis) : son écolière nabokovienne, celle qui sait tout mais qui minaude des « Ah bon ? » en botoxant sa naïveté, cette gaffeuse professionnelle qui feint de ne pas savoir qui je suis... tout en hurlant sur Twitter nos amours interdites. Du coup, je rentre seul. Avec mes souvenirs. Mille et une séquences dramatiques ou torrides. À quoi bon prolonger d'une esquisse maladroite cette fresque romaine, ce feuilleton bukowskien qui me sert de passif ? Franchement, n'ai-je pas assez vécu le cul ? Sur le plan sentimental, je suis déjà grabataire ! Même devant un défilé de jeunes anorexiques, ma tige se courbe comme Jean-Pierre Raffarin, et quand bien même une splendeur plus intérieure s'adresserait à mes secrets, méritant deux enfants, un 4 × 4 et un chien, j'ai subi tant de coups de foudre que mon cœur aura toujours le visage de Régine !

On me dit : « Profites-en » ; « Amortis dès aujourd'hui

ce brin de notoriété qu'une presse plus exigeante pourrait te contester » ; on me dit : « T'as qu'à te baisser pour ramasser »... mais je ne me rabaisse pas à ça !

Non, au contraire, repu d'amour, je peaufine mon concept du queutard repenti ; loin des glaneuses d'autographes spermatiques, je serai LA starlette chaste. *Paris Match* dans la main gauche et un missel sous l'aisselle droite, je me consacre désormais à la seule histoire d'amour qui peut durer plus de trois ans : l'argent ! J'ai écrit mes premières pièces pour faire pleurer une fille, j'écris mes prochains films pour faire sourire mon banquier. Lui et moi, main dans la main, fusionnels dans le succès ou complices dans la tourmente, nous allons transformer en pognon (immobilier, titres et actions) tous ces vains chagrins et tendresses éphémères qui encombrent le grenier de ma sensibilité.

Voilà pourquoi l'homme de ma vie s'appelle... Patrick Narcy. Il travaille actuellement au Crédit agricole. Mais, où qu'il aille, je suis prêt à le suivre... à la BNP, au CIC. Et même au LCL (tant qu'ils ne me demandent pas d'en faire la pub à la télé).

Patrick, Toi, mon meilleur placement et mon conseil le plus précieux, je te le jure sur l'élection de mon ami François H. : après t'avoir déçu dans les bras de toutes ces femmes, désormais je me consacrerai entièrement à notre enfant, ce plan épargne-logement n° 45 9867 45667 que tu couves sous tes calculs. Certes, tout comme une femme, l'argent peut nous quitter... Mais l'argent, grâce à toi, je peux le placer dans des sociétés off-shore, des sculptures hideuses, sous ton matelas ou dans la pierre... Tandis qu'une femme : c'est affreux comme c'est libre ! Le « Je t'aime » d'une grognasse est encore plus volatil qu'une transaction financière effectuée sur un portable dans un paradis fiscal ! Alors, trêve de tendresse. D'ailleurs, lorsque l'idée d'un « sentiment » effleure mon âme carbonisée, je me dis :

« Rappelle-toi, Nicolas, cette superbe Eurasienne qui te coûtait tant d'engueulades et te rapportait tant de joie, où est-elle – cette chimère – à présent qu'il fait froid ?

— Dans le coffre-fort d'un autre. Elle crédite un con*. »

Mardi. Madonna, qui – jadis – eut la bonté d'inspirer mes premières masturbations, en incite de nouvelles à l'automne de mes vices. Loin de croupir sous ses milliards et de somnoler sur sa gloire : la quinqua culte se déhanche, bondit et chante plus fort que notre nostalgie. Dans le genre « je suis vieille mais encore praticable », nous avons Claire Chazal entre deux mauvaises nouvelles, eux, ils ont la Queen Of Pop entre deux manches du SuperBowl. Vivent les Américains : Clooney qui se minimalise dans le troublant *The Descendants* et Meryl Streep qui se droitise dans la glaçante *Dame de fer*. Ils sont riches à en crever et ils jouent, chantent et dansent comme si leur vie en dépendait. La transcendance des dieux. Voilà qui rend modeste... et très ambitieux.

17 février 2012

---

* *On dirait que j'étais triste.*

Pourquoi je vais voter Sarko

Samedi. Sarko a choisi les micros en sucre du *Figaro Magazine* pour nous annoncer qu'il rejoint la partouze organisée chez Claude Guéant et Marine Le Pen. Apparemment, c'est à droite toute que vivote son embryon d'espoir présidentiel. Son programme mijote dans la sauce sectaire. Mariage gay, homoparentalité, chômeurs assistés (bande de feignasses plaintives droguées à NOS impôts), surplus d'immigrés (bandes de pervers mutiques droguant NOS enfants pâles) : aucun bouc émissaire ne manque à l'appel. Sarko 2 est à Chirac ce que les pipes de crack sont aux Marlboro light !

Lundi. Du coup, je me dis : allez, mon Nico, c'est le moment, lâche ta plume zigzagueuse et jette-toi franchement dans les bras d'Hollande ! Tes pudeurs anarchiques ne sont-elles pas frivolisées par le péril réactionnaire ? Enfile ton costume rose, pénètre sur la scène du concert socialiste et grave sur son crâne dégarni ton baiser de people militant. Sauf que, soudain, je m'interroge : le ralliement d'une personnalité (fût-elle mondialement connue dans le IIIe arrondissement) constitue-t-il vraiment la meilleure des promos pour le rassembleur de la gauche ? Les paillettes de mon passé noctambule ne vont- elles pas salir la veste volontairement froissée du candidat de l'humilité ? Y a qu'à entendre les grincements de dents qui accompagnèrent l'entrée de Yannick Noah sur la scène du Bourget pour admettre ceci : 1) il chante faux ; 2) certaines vedettes de gauche provoquent des envies droitistes ! Même s'il remplit les salles, l'artiste vide les isoloirs : comment l'électeur pourrait-il s'identifier à son propre fantasme ? ! Voilà pourquoi...

Mardi. Afin de servir François Hollande, je déclare publiquement mon soutien à... Nicolas Sarkozy. Que tous ceux que j'agace se le disent : Jean-François Copé et Nadine Morano ont toute ma sympathie ! Leurs valeurs sont mon intérêt. Alors, vive mon pognon, votre travail, ma famille, vos sacrifices, ma nation et votre hétérosexualité. J'ai d'ailleurs convaincu mon ami Pierre Arditi, Vincent Lindon, Bernard-Henri, Laurent Ruquier et autres frères Polalydès d'abandonner Hollande, ce dangereux bolchevik qui souhaite relancer la croissance sur le dos de nos privilèges. Tous derrière Nicolas ! (Bon, désolé, les gars, on va tous avoir l'air con, mais si ça peut aider la gauche.)

Mercredi. Il me suffit d'allumer la télé pour aimer la radio. Je fais parfois ce rêve, étrange et disons... « pénétrant », d'un monde où Pascale Clark, Vincent Josse et Franck Ferrand signeraient plus d'autographes que Jean-Pierre Foucault et Sophie Davant. (Un rêve aussi niais que celui – plus fréquent – dans lequel TOUTES les femmes – et certains hommes – possèdent la poitrine de Sophie Marceau dans *Mes nuits sont plus belles que vos jours,* Sophie qui fut toujours plus belle dans mes nuits qu'en plein jour, bref, un rêve à peine moins con que celui – délicieux – dans lequel Claude Guéant lave mes caleçons avec ses dents et récure – sans gants – le pare-chocs de ma Twingo). Que disais-je ? Ah oui, j'aime la radio. Moi, l'ingrat qui, jadis, fit quelques apparitions sur le petit écran, je ne l'allume aujourd'hui que pour mater le DVD vintage d'un classique de Laure Sainclair – dynamique sodomite qui fut au film de cul ce que Meg Ryan fut aux films cucus : une brillante stimulatrice du système exocrine (tu viens d'apprendre un mot). Alors que j'écoute France Inter avec attention, je regarde ma télé avec un rouleau de Sopalin. À la radio, tout le monde est beau : ce soir encore, je buvais, en frémissant, les paroles de Pennac chez l'ami François Busnel : quelle allégresse verbale ! Des mots comme des cadeaux pour mon esprit rouillé par la trivialité mondaine. Daniel Pennac ? Un menuet d'intelligence, que dis-je ! Deux grammes de coke radiophonique : il murmure des nuances libertaires avec la simplicité d'un démagogue de droite. Lorsqu'il souligne l'importance de « l'accord physique », moi, jaloux, je note au pif ses improvisations : « On a peut-être tout pour s'entendre, mais nos corps ne se disent rien », ou encore : « Les gens de mon milieu ont tellement entendu dire que les affaires de "corps" étaient très secondaires... Ça a fabriqué des couples d'imbéciles névrosés qui ont flanqué des enfants au monde qui se sont demandé d'où venait l'épaisseur du silence qui régnait dans le salon... ». Avant d'entendre cette phrase dans la bouche de Nagui, il faudrait que ce dernier subisse des cours particuliers avec Michel Onfray jusqu'en 2040... Et encore : sous hypnose ! Du coup, j'ai acheté son bouquin, à Pennac. Et alors ? Cet enfoiré écrit encore mieux qu'il parle. Ce qui lui fait un point commun avec... Johnny Hallyday (dont le journal intime est – paraît-il – éblouissant de pudeur et de culture, c'est du moins ce que prétend le très critique Dany Brillant). Bref, cher lecteur, tu ne m'as rien demandé – et Pennac encore moins – mais je te conseille vivement son *Journal d'un corps* (Gallimard, 22 euros). Le Paris médisant – dont je suis – le prétend « désagréable », Pennac. C'est le grand truc, ça : tu t'extasies sur le talent d'un auteur, d'une chanteuse ou d'un acteur, et aussitôt une touriste du milieu culturel t'apprend que « dans la vie » c'est vraiment une grosse merde.

« Et alors, fouille-secrets ? ! J'ai jamais envisagé de l'inviter en vacances !

— Oui, d'accord, mais enfin : il a été odieux avec une maquilleuse sur le plateau du "Grand Journal".

— Peut-être, mais tu as vu son dernier film ?

— Non, et j'irai pas le voir, maintenant que je sais qu'il trompe sa femme. »

Conclusion : Daniel Pennac est un homme très précieux, à tel point que, si je le croise dans la rue, je changerai de trottoir. La vérité d'un homme célèbre doit rester anonyme.

24 février 2012

Fidèles et infidèles

Lundi. Il y a quelques mois, j'ai promis à quelqu'un qui me plaisait de ne plus froisser la première dame. En effet, dans ce temps-là, je partageais avec Carla – outre un goût prononcé pour les amours hétéroclites – l'affection d'une personne d'origine « ravissante » qui n'était ni Brice Hortefeux ni Nadine Morano.

« Lâche-la, m'avait sommé l'amie commune, elle n'est pas responsable de tous les objets de sa nymphomanie ! Pas plus que le marin-pêcheur n'a à s'accuser de l'odeur fétide propagée par la truite qui tombe de son filet... »

Faut dire que, du temps de Giesbert, je n'y allais pas avec le dos de ma cuillère en argent, n'hésitant pas à déclarer que l'ex-mannequin socialo-compatible rédigeait le roman de sa vie en trempant son Montblanc dans sa chatte.

Voyez le niveau ! Puis j'ai promis-juré une trêve

diffamatoire. Par intérêt sentimental. Sauf que lundi, à 16 h 45, l'exquise amie commune est décédée dans un contrat de mariage qui me la rend pour longtemps légalement inaccessible. Me voilà libre de cracher sur la moitié du candidat de la moitié des Français. Et Dieu sait qu'en pleine campagne j'ai les glandes salivaires fécondes. D'autant que...

Mardi. Carla a trouvé le discours de son jules « très émouvant ». Et « merveilleux », a-t-elle ajouté non sans minauderie. Il lui en a fallu, du courage, à celle-ci, pour faire surgir une fleur d'enthousiasme d'un fumier de lucidité. En effet, cette lectrice passionnée d'Emily Dickinson – qui cite volontiers Sade et Aragon dans le sexe – n'a décemment pas pu trouver lumineux le « J'aime la France, cette façon de rire, cette façon de planter des arbres, cette façon d'aligner les immeubles et puis ces côtes, ces bords de mer... », scandé par son mari avec le lyrisme d'un fiscaliste coréen ! Alignant des clichés plus crédibles dans la bouche de Jean Reno que sous la plume de Jean Cocteau, le nègre de Sarko doit rouler pour Hollande ! Et, malgré tout, Carla, prostrée au premier rang, l'œil dévot, s'extasie comme une poliomyélitique prépubère surgissant d'un concert de Justin Bieber. Il faut se brûler au quatorzième degré pour se rappeler que la même buse fut la muse de Mick Jagger et de Louis Bertignac, deux brillants troubadours qui chatouillaient leurs cordes vocales avec plus de conviction que le VRP élyséen tripote aujourd'hui nos sentiments patriotiques ! Et, pourtant, elle applaudit... Elle applaudit... Et j'applaudis l'applaudissement d'une femme fidèle à ses serments, fussent-ils provisoires. Celle qui chantait du bout des lèvres le soutien au clairon. Comme si, dans la nuit, le fantôme de sa vertu lui avait murmuré : « Si tu dis oui à l'homme, ma conne, tu diras oui à ses âneries ! »

Du coup, elle avale tout. Guéant ? Elle avale. L'opposition au mariage gay ? Elle gobe. La stigmatisation des Roms ? Ouvre la bouche et ferme les yeux ! L'abnégation la scarifie, jusqu'à ses préférences en matière de programmes télé : l'admiratrice de Visconti et de Woody Allen ne vient-elle pas de déclarer à *TV Mag* qu'elle adorait, pêle-mêle, « Plus belle la vie », « L'amour est dans le pré » et « Star Academy » ? Que de chemin parcouru ! Quand certains se cultivent pour atteindre le sommet, celle-ci se vulgarise pour conserver le sien. C'est qu'elle se fait du mal en lui voulant du bien ! Et moi, au fond, j'admire. N'ai-je pas moi-même été sauvé par l'amour d'une entêtée qui m'encourageait encore lorsque j'étais décourageant ? Car, nom d'un cul de poney mort, dans un genre moins nocif pour l'image de la France, j'en ai fait, des conneries, moi aussi ! Combien de dîners gâchés par mes colères pochetronnes, de prestations télé méritant davantage d'être zappées que de passer au « Zapping » et de chroniques gâtées par le roulage de rhétorique ? Et pourtant, elle était là. Ma fidèle électrice. Encore. Toujours. Sourde aux cybercritiques, elle chassait ses gouttelettes de honte d'un doigt parfumé à Coco Mademoiselle. Car, comme le disait la célèbre philosophe féministe Eva Braun :

« Aimer, c'est avoir honte à deux. » Puis elle s'est suicidée. Oui, car l'amour est dans le précaire.

Vendredi. En partie responsable du scénario des *Infidèles* (dont les affiches grivoises ont déclenché la onzième polémique rétrograde de l'année), je rejoins en crânant mes amis Gilles Lellouche et Jean Dujardin dans leur tournée promotionnelle. Mon ego insatiable a eu raison de faire le voyage : cloîtrés dans un 4 × 4 aux vitres teintées par la pudeur, les gloussements de pucelles nous servent de GPS à travers la province ! Qu'une vilaine Toulousaine se jette sous les pneus de la voiture en hurlant un ultime « JEAN, je t'aaaiiimme !!!! » et je sais à l'accent de son râle que nous entrons dans la Ville rose. Ensuite, les portes s'ouvrent et l'émeute me déchiquette. En attendant la statuette, mon Duj nous rafle la vedette ! Étrange impression de faire partie d'un groupe de rock dont Jean serait à la fois John Lennon, Paul McCartney et Ringo Starr. George Harrison Lellouche, bien que provisoirement réduit à une gloire tristement nationale, a son quota d'adoratrices. Et moi, là-dedans, qui suis-je ? La guitare, connard ! Celle que les vedettes se refilent pour trouver quelques accords. Aigreur du dialoguiste qui – tel Cyrano – observe ses Christian briller sur grand écran et qui, dans la pénombre, se murmure à lui-même : « Cette réplique qu'il dit si bien, c'est quand même moi qui l'ai écrite. » Mais la nuit, à Toulouse, je me venge pendant qu'ils dorment, je loue mes lèvres et je m'amuse. Et pour cause : je suis le seul véritable

« infidèle » de l'équipe ! La caution « histoire vraie ». Une histoire moins potache que les affiches te l'annoncent. Une histoire d'enfoirés malheureux et sympathiques. Une histoire de potes, aussi. Surtout. Car l'amitié, dans le film, c'est un amour qui dure.

26 février 2012

Aux Oscars avec Jean

Pas facile de jouer les journalistes scrupuleux quand il s'agit de raconter la soirée durant laquelle deux de ses meilleurs amis sont devenus des dieux ! De la chambre d'hôtel où j'ai picolé leur kiffe à l'écriture de ce papier, il m'a fallu paumer une foule de souvenirs précieux. Car il n'est pas très sain de faire dormir un reporter dans la piaule de son sujet ! Mon défi, du coup, sera de planquer l'« intime »... Alors que ce n'est que ça !

Vendredi. Los Angeles. Une ville ensoleillée que j'ai toujours trouvée glaçante. Après-demain, les oscars. La France entière compte sur Jean Dujardin pour ramener la statuette au 20 heures de Chazal. Fallait voir ça, dix jours plus tôt, à Toulouse et Bordeaux, en promo de nos « infidèles ». Son entrée dans un bar déclenchant des cris gaulois, des tapes dans le dos, des « Nous déçois pas », des « T'as intérêt à le niquer, Clooney », et autre « Le Var l'emmerde, Brad Pitt »[1].

Et Jean – dont la tolérance vous semblerait intolérable – qui répond en souriant des « Merci beaucoup, madame, d'accord monsieur ». Beigbeder a écrit : « On reconnaît une vedette au mal qu'elle se donne pour paraître sympathique. » Dans le cas Dujardin, le public est veinard : il ne se force même pas. Pathologiquement « sympa » ! Seulement la pression monte et on surveille l'état de ses nerfs. D'autant qu'il possède une vigile devant chacune de ses lèvres, prudence verbale oblige : la presse n'est pas toujours copine. Le mutisme de *The Artist* contamine la promo : « Tout va bien. C'est merveilleux. » Je le regarde jouer le rôle d'un candidat à la présidentielle. Il gère. Pas d'état d'âme, peu de commentaires. « Ta gueule et sois heureux », semble lui souffler l'univers. Sauf que, parlons franchement, mon pote, toi et moi, au coin du feu : est-ce que ça rend vraiment heureux de devoir – cent fois par jour – avoir l'air très heureux ?

Samedi. 14 heures. Cérémonie des Spirit Awards, les récompenses du cinéma indépendant qui, paraît-il, présagent les oscars. Ici, c'est moins beau mais plus cool : smokings turquoise, nœuds pap en jean's, bref, des stars en Converse (ça valait bien la peine de me taper onze heures de vol). Roulement de tambours et, une fois de plus, *The Artist* casse leur baraque. Thomas Langmann tombe à peine de l'avion, des césars plein

1. Jean était en concurrence avec Georges Clooney, Gary Oldman et Brad Pitt.

les poches. Une escorte policière lui permet d'arriver à temps pour re-re-re-remercier le patron de Miramax. Qu'on appelle Harvey Weinstein, à qui on doit *Shakespeare in love*, *Le Patient anglais*, la couleur du ciel californien, *Pulp Fiction* et j'en passe. Quand j'ai lu sa filmo, j'ai pensé qu'il inventait lui-même le palmarès des oscars, du bout de la plume, à son bureau. En fait, c'est du boulot. Certains collectionnent les papillons morts, d'autres les milliards, lui c'est les prix. Ça tombe bien, puisque les prix lui rapportent des milliards. Après. Bien après. En attendant, tapi dans l'ombre, il est là depuis midi. Il veille au grain de caviar. À l'annonce de chaque victoire, je scrute la tronche de ce superbe batracien : enthousiasme minimal, il encaisse les médailles comme un champion de tennis exécute des smashes. Clooney ? Dehors. *Drive* ? Dans une autre vie. La table de Thomas et Weinstein s'alourdit sous le poids des éloges en métal. Ils ont bossé, ça rentre.

16 heures. Arrivée du reste de l'équipe de *The Artist*. Dont Jean D., qui, la veille, n'a pas eu le césar. On peut adorer la prestation d'Omar Sy et chuchoter en soi : « C'est quand même trop con ! » Nom d'un cul, les gars, quand on a Dujardin sous la main... Merde ! Peu importe, le monde entier lui crie : « Tant pis, oublie. » Mais à L.A. beaucoup médisent sur nos névroses hexagonales : « La France, décidément, a horreur du succès... elle casse toujours ses plus beaux jouets », etc.

18 heures. En tout cas, l'Amérique, elle, chouchoute ses winners. Et George Clooney (à la veille des oscars) scintille déjà sur l'étagère de sa fierté. « Ici, Clooney c'est Kennedy » m'a-t-on dit vingt-cinq fois depuis que je traîne ici. D'ailleurs, Twitter est dans son camp. « Il va gagner. » « C'est son année. » On me décrit la riposte médiatique du bellâtre grisonnant face au succès de Jean : sentant la menace, il surjouerait le doute, l'abattement plein cadre. En effet, revue de presse rapide : il est partout, une tonne de mélancolie sous chaque œil, meilleur en père dépassé dans *The Descendants* qu'en favori floué dans *The Concurrents.* Mais il a des excuses. Voilà plusieurs mois que quatre grands comédiens sont en campagne. Une guerre de séduction. Pratique strictement américaine : faire le tapin dans tous les coins, pendant des mois, vendre son film, sa carrière et son interprétation à coups de charme. Des milliers de votants à draguer, des dizaines de projections à privatiser, de discours à orienter, ré-orienter, des farandoles de dîners mondains et de « *Nice to meet you,* mon chou ». Il ne manque plus que le doigtage de vache au salon de l'agriculture pour épuiser le parallèle électoral. Pour John Fitzgerald Clooney, que tout le monde adore déjà, c'est un parcours du combattant... Alors imaginez le taf que doit fournir le Duj ! En prodige de la com', Weinstein a d'abord estompé les couleurs françaises du film, préférant lui insuffler des origines... « internationales » ! Bientôt, *The Artist* n'est plus la pépite tricolore, c'est un hommage mondial à Hollywood. Du coup, Jean et son anglais discutable montent sur le ring en fin de partie. Il a deux mois pour devenir un gars connu depuis dix ans ! Claquettes, imitations : Internet t'a tout montré. Je matais ça de loin, ému, bluffé par ce Béarnais qui gene-kellyse à New York. Manquant de vocabulaire, il a trouvé le moyen de leur jouer de la flûte avec deux doigts et un sourire.

Dimanche. C'est le grand jour. Mais avant chaque grand jour, il y a toujours une nuit trop courte. Combien de secondes ma vedette a-t-elle réussi à fermer l'œil ? Je le retrouve vers midi.

— Bien dormi ?

— Très bien. Et toi, Nico ?

Enfoiré.

15 heures. Allons-y. Pour vous, en France, c'était la nuit. Pour nous, c'est très bizarre d'enfiler un costard sous le cagnard. Vers 16 h 30, le tapis rouge. Culte total-décomplexé du look, du poids et du teint frais. Les nombreux animateurs – dispatchés comme des épouvantails sur six kilomètres – citent les marques de robes, les parties du visage botoxées et les kilos fondus... Il s'agit de grands artistes mais on ne décrit que l'emballage. Et puis ce fut la trouille : l'autre hommage cinéphile – le magnifique *Hugo Cabret* de Scorsese – qui enchaîne les récompenses. On a beau se rassurer en se disant qu'elles sont techniques, faudrait pas que ces petits oscars fassent des grands. La famille tremble et les amis se sentent de la famille. Puis ce fut l'impatience : les sketches drôles qui font pas rire parce que j'attends, les pubs qui filent aussi vite qu'un discours de François Fillon. Et enfin, le final, ce grand final que tu connais. Et qui, déjà, te gonfle. Cinq oscars pour cinq Français. 328 Zappings. Le clou : un Dujardin qui – à la fin – explose en français, son français, le bon, le vrai. Et qui – grâce à ses quelques mots – m'a labouré le cœur. « Ah putain, c'est génial », leur a-t-il balancé. Tu l'as dit, Bouli.

Dimanche, la suite.

La suite, c'est de l'alcool. La suite, c'est des suites d'hôtel qui se visitent à vélo, des très jolies filles qui n'ont rien à faire là et des lauréats qui ont bien trop à faire : Thomas et Jean veulent finir le boulot, de micro en micro, ne profitant de rien et faisant profiter tout le monde, ils tendent sagement leur figurine dorée et nous la caressons, comme si c'était une bosse. Les gens sont persuadés que le succès est contagieux. De télé en télé, offrant sa gueule à cent pays, Jean est en train de creuser la tombe de sa tranquillité. À 2 heures du matin, alors qu'il gambade vers un énième duplex, je lui demande : « Comment tu fais pour continuer ? » « Je termine, Nico. Toi, quand tu écris, tu termines bien tes textes. C'est pareil. Je vois le bout, je vais tenir. » Et hop, ils ont redisparu dans l'obscurité des flashs. Les téléphones portables et leur foutu appareil photo intégré ont saccagé les plaisirs de la notoriété.

Peu à peu, la nuit progresse, le tri se fait par l'amitié et la nausée... Enfin, le cercle se réduit. Sur l'épaule de Jésus-Christ, je regardais les dévots. On passe de mille, à deux mille, puis à vingt, dix, etc. Quelques notes de piano. Nous, les badauds de luxe, interprétons le regard pensif de nos chers lauréats. L'un semble se dire : « Je vais faire quoi, demain ? », un autre : « Elle va être fade, la vie, pendant quelques mois », et puis il y a Jean Dujardin... qui n'a pas le temps de réfléchir, ni de boire, ni de dormir, ni de pisser, ni de rien : le jour se lève et il repart vers une télé. On ne l'a pas démaquillé depuis deux jours ! M'est avis qu'il pue... Tout à l'heure, ce génial petit cabot français va monter dans l'avion, affronter la cohue d'un Mondial 98, dire 4 590 « Merci ! » et autant de « C'est gentil », puis il filera au « Grand Journal », piochera quelques sourires dans ses ultimes réserves de sincérité... pour nous vanter les *Infidèles.* Un film que Jean a trouvé le moyen de défendre en dépit du vertige des altitudes américaines. S'excusant de s'autocanibaliser. Les films s'entrechoquent mais la star est solide.

« Pensiez-vous que *The Artist* remporterait un tel succès un jour ? va leur demander Ali Badou tout à l'heure. – Non, bien sûr », répondront-ils, comme défoncés par leur descente d'adrénaline. Évidemment que non, ils ne le savaient pas. Même Hazanavicius. Même Thomas. D'ailleurs, est-il meilleur que *Drive,* ce film joliment désuet ? Meilleur qu'*Hugo Cabret* et *The Descendants...* ? Peu importe, ça ne veut absolument rien dire. Une chose est certaine, je connais une bande de gars qui ne s'est pas économisée. Ni en talent, ni en temps, ni en argent. Ils ont vécu dans des avions et sont rentrés à la maison, lundi soir, les mains pleines.

Pour finir, Ali Badou leur demandera « Et après, qu'envisagez-vous, les gars ?

— Je vais dormir pendant huit ans, répondra Jean, conscient de squatter malgré lui l'inconscient des ménagères.

— D'accord, mon pote. Je te réveille dans six

heures. Repose-toi bien, en attendant de tout faire pour devenir Meryl Streep. On y retourne très vite. “*Et le bonheur ?*” m’as-tu demandé y a quelques jours...
— Oh, ça va... T’en profiteras au paradis. Votre bonheur, dans ce métier-là, il est pour nous. »

27 février 2012

L'argent de la vieille

Mardi. La mort dans l'âme et le foie dans la gorge, je quitte les oscars de Los Angeles pour le blizzard de Paris. À l'aéroport, après avoir dit « bye bye » au ciel californien, je cherche désespérément des miettes de presse française afin de nourrir cette chronique tricolore... lorsque, nom d'un fion, je croise un étrange troupeau de permanentées mauves et de chiens-chilas autorongeant leurs collerettes Hermès. Il y a aussi deux cerfs royaux assez désemparés, une chatte persane intérieur cuir et cinq gâteux en habit vert. Que se passe-t-il : ça pue la France ! À l'instant même où je rentre, l'Amérique semble envahie par le VIIe arrondissement ! Qui sont ces gens ? m'écrié-je, lorsque je crois soudain reconnaître le profil du dentier de Liliane Bettencourt.

Ne cédant pas à la panique, je me jette dans la meute, aussitôt asphyxié par les effluves de Chanel N° 5 (les très riches clonent leurs goûts, un peu comme les très pauvres), peu importe, je tire Liliane par sa perruque, bloque son fauteuil roulant (qu'elle pilote plus aisément que ses ultimes neurones) et me renseigne : « Que faites-vous là, Mamie ?

— Je sais pas, me dit-elle, j'ai suivi le groupe. Paraît qu'en France y a un barjot qui veut nous dépouiller à 75 % ! Du coup tout le monde se barre.

— À Los Angeles ?

— Le hasard : on a profité de l'avion de retour de Jean Dujardin. Soixante-quinze pour cent, vous vous rendez compte ?

— Non.

— À ce niveau d'imposition, on émigre à Sarajevo, au pôle Nord ou à Cuba. Tiens, ça me dit bien, Cuba ! L'ex-mari de Ségolène, c'est Staline. »

Et la voilà qui sort quelques tranches de saumon de sous son postiche Carita.

« Qu'est-ce que tu fous ?

— Je me défends face aux rouges. Si tu veux planquer ta Rolex, n'hésite pas, y a encore de la place.

— J'ai pas de Rolex.

— Pauv' type. »

Et elle est repartie en roulant jusqu'au cheptel Vuitton. Du coup, j'ai passé quelques coups de fil tout en enregistrant mes bagages (deux smokings, un pipeau et treize boîtes de capotes). C'est là que Laurent Neumann, le patron de *Marianne*, m'a expliqué le bordel. Un effort serait demandé par Hollande aux plus « à l'aise » du bled : un coup de pouce à hauteur de 75 % de leurs revenus dépassant le million annuel.

« Faut gagner plus d'un million ?

— Oui, t'inquiète. »

Je respire : ça ne me concerne pas. Par contre, mon portable sonne, c'est Dujardin : « Dis donc, Nico, faudrait penser à le calmer, ton copain socialo, ou mon oscar va terminer sur la cheminée de Sarko ! »

Le drame de certains riches : impossible d'être de gauche sans raquer ! S'ils pouvaient couper Hollande en deux : garder la collection des valeurs humanistes, l'égalité des chances, touche-pas-mon-pote, le droit-de-l'hommisme-tiers-mondiste et toutes ces lubies ravissantes qui nous coûtent pas un rond et font « gentil » dans les dîners... Et puis laisser la part cruelle, celle qui pompe la monnaie de nos succès fragiles pour la confier à des feignasses ! Mais non, ce serait trop beau : il faut payer pour être sympa ! Ou bien faut mentir, comme Jean-Yves Blitz, un bon copain à moi qui milite toute l'année aux congrès du PC (pour l'ambiance festive) et qui vote UMP (pour sa femme fêtarde).

Soixante-quinze pour cent ? Elle a raison, Liliane. Ce n'est pas beaucoup plus que ce qu'on me croque déjà, mais, symboliquement, ça mérite du lubrifiant. Du coup, je propose qu'on présente personnellement aux riches tous les bénéficiaires de leurs impôts. Un par un. Donner du corps à nos regrets, mettre un visage sur nos aigreurs.

« Liliane, je vous présente Hervé, Brigitte, Mouloud et Kevin. N'ayez pas peur, Liliane. Approchez. Et maintenant Hervé, Brigitte, Mouloud et Kevin : embrassez Liliane. Voilà, Mouloud, c'est gentil. Arrête, Mouloud. Lâche-la, Mouloud !!! »

Nouveau coup de fil de Neumann : l'argent visé par Hollande n'ira pas tant sécher les larmes d'un voisin nécessiteux qu'empêcher notre future banqueroute à tous !

« Il s'agit de sauver le système français, ai-je donc crié à Liliane, qui essayait une casquette NBA à la boutique duty free.

— Le système français ? Qu'est-ce que j'en ai à secouer, moi ? Je vais crever dans six mois ! Et, vu l'état de ma mémoire, j'ai cinq ans de passif. Le passé et l'avenir sont des notions trop luxueuses pour une SDF psychiatrique dans mon genre. Ça te dirait, Cuba, mon chou ? Une plage, ton smoking, mon fauteuil, tous les deux ? » J'ai grimpé dans l'avion plus vite que DSK en sortant du Sofitel ! Dans les airs, j'ai pensé : c'est vrai que Liliane, faudrait qu'elle casque. Le gros pognon, c'est que de l'ennui. En même temps, les sacrifices imposés au nom d'un lopin de terre gauloise, je sais pas si c'est payant. J'ai déployé mon siège business class et j'ai pensé plus fort : « La France, l'étranger, les césars, les oscars, les Hots d'or. D'où suis-je ? Vers où vais-je ? Peut-on demander aux gens de défendre un pays qui se défend si mal ? Et puis qu'est-ce qu'un pays, aujourd'hui ? (Voyez le niveau aérien de ma libido mentale !) C'est quoi, la « France » ? Qu'y a-t-il de commun entre le képi du Général et les Ray-Ban de Sarkozy ? Les longues jambes de Notre-Dame et les moignons adipeux de la mairie de Palavas ? Mes impôts. »

C'est pourquoi...

Mercredi. Après onze heures de vol et de sourcils froncés, je me dis que l'effort fiscal, ça me rappelle un peu les écolos infoutus de stopper les déjections de l'empire Total, mais toujours efficaces pour compter le nombre de rouleaux de PQ que tu pourrais économiser. Mets les mains dans le merdier, mon Hollande, plonge au cœur de la décharge ! Même si ça concerne une poignée de méganantis, 75 %, je te jure que ça sent la grimace, la cacophonie des cas particuliers. Fais pas flipper les Rolexmen, on a tous besoin de leur cupidité. Ce serait quand même ballot qu'ils aillent flamber leur mauvais goût sous le soleil de Miami. Attrape plutôt ce bazooka et tire plein feu sur la maison mère. Vise maman la finance*.

Jeudi. Je ne sais pas pourquoi **mercredi** je me suis pris pour Alain Minc.

2 mars 2012

---

* *Un an plus tard, le 75 % d'Hollande continue à faire grincer les dents en or. Bernard Arnaud, patron du luxe, aurait même demandé la nationalité belge, ce qui n'est pas très chic. On le dit terrorisé par une grosse baffe fiscale... Pauvre chouchou... Les milliards qu'il amasse depuis vingt-cinq ans ne lui ont pas filé un centime de panache. Un euro reste un euro pour cette calculette en complet gris. On se demande souvent comment les milliardaires peuvent être radins : mais c'est justement parce qu'ils sont nés rats qu'ils*

sont devenus si riches ! La plus laide des névroses est l'origine de leur triomphe. Comme la vanité alimente parfois le talent d'un grand artiste. Outre le cas LVMH, certains de mes amis économiquement éclairés ET *de gauche sont contre cet impôt « symbolique », qui serait – selon eux – plus suicidaire que progressiste. La question est donc : combien nous coûterait le départ d'un connard comme Arnaud ? Et si la France envahissait la Belgique ? Vu tout le pognon que Jacques Brel et Poolevorde se sont fait chez nous, ça mérite bien des représailles !*

La Journée de la femme

Lundi. Visite de l'Élysée par le couple Hollande. En tant que décorateur d'intérieur free lance (c'est la crise, cumulons !), je les accompagne. Le bail des Sarkozy expirant dans un mois, si mes clients veulent investir une surface stérilisée, il me faut exorciser les fantômes lepénistes et brûler les draps du couple Faudel et Clavier. Apparemment, les anciens locataires quittent la place à regret, puisque Mme Bruni – qui nous ouvre – ne prend même pas la peine de proposer une tasse de thé.

« Suivez-moi », lâche-t-elle, aussi cordiale que le serait Patrick Bruel recevant Dieudonné.

Nous traversâmes le salon Séguéla, dans lequel des conseillers vomissaient leur chagrin en se roulant dans les sondages. Puis elle nous fit passer par son studio d'enregistrement.

« Vous allez laisser toutes ces guitares ? demanda poliment Valérie Trierweiler – qui n'écoute que du Bach (et Yannick Noah).

— Oui, maugréa Carla. C'est un meublé que vous cherchez, non ? Alors, vous prenez la totale : c'est pas à la carte ! Moi, tous ces instruments, qu'est-ce que vous voulez que j'en foute, maintenant ? Vu la réputation de mémère tradi que je viens de me coller... Au niveau de la chansonnette, y a plus que la chorale de Sainte-Croix de Neuilly qui voudra bien de mon répertoire. Elles vous plaisent pas, mes grattes ? Faites-en cadeau aux pauvres : votre jules est tellement généreux ! »

Puis elle nous conduisit dans une salle de fitness.

François Hollande s'en étonna : « C'était pas le bureau présidentiel, ça, avant ?

— Si, dit-elle. Mais Nicolas surveille sa ligne. Quand je l'ai récupéré, il arborait un cul grand comme Versailles, ça pendouillait de partout. (Se tournant vers Valérie.) Tu vois de quoi je parle, ma pauvre.

— J'vous permets pas de me tutoyer, s'indigna Valérie.

— Oh, ça va, la bobo fion serré... Si le merdier dans lequel je barbote et celui qui t'attend ne nous permettent même pas un léger rapprochement ! Tu vas en chier pareil, cocotte : quoi que tu dises et quoi que tu fasses, ils te font lécher le bitume.

— Oh, vous l'avez cherché : fallait épouser le bon.

— C'est le seul monarque européen qu'était libre en 2006. Je venais de quitter un grand pédant, j'ai rencontré ce petit inculte : passer de Michel Foucault à Michel Sardou, ça me faisait des vacances... D'autant que ma tolérance au célibat n'excède pas treize minutes. »

Sur ces mots, elle nous fit pénétrer dans un cabinet occulte (bougies, fenêtres condamnées et chants grégoriens) où Guéant et Fillon examinaient toutes sortes d'artefacts musulmans, sans doute à l'affût d'une nouvelle stratégie politique de fond. Pendant que le bovin de la place Beauvau reniflait un steak tartare halal en spéculant sur les risques d'intoxication, le futur ex-Premier ministre se frottait une main de Fatma contre le gland en espérant une allergie.

Lorsque nous arrivâmes devant la chambre à coucher, Carla nous fit signe de patienter, puis elle entrouvrit la porte, libérant une virulente odeur de renfermé.

« Chouchou, c'est moi, tu dors ? chuchota la première dame.

— Argghh...

— Il faut te lever, mon cœur. Tu sais, les repreneurs sont là, ils aimeraient visiter...

— Si tôt ? marmonna une voix d'homme assourdie par l'épaisseur d'une couette Ralph Lauren.

— Ben oui, il est quand même 16 heures... Je te l'avais pourtant noté dans ton Filofax.

— Fais-les entrer, je m'en fous. »

Nous découvrîmes le président « sortant » barricadé dans son plumard. Trois tubes de Lexomil, deux tablettes de Stilnox et un gros joint d'herbe afghane décoraient sa table de nuit. Dans la pénombre, sa mine blafarde semblait nous reprocher de l'avoir extirpé d'un rêve électoral : un fantasme soudanais à 76 %, avec un deuxième tour en forme de plébiscite face à Eva Joly.

« Je dormirai à gauche, souffla François à sa compagne, c'est plus près de la sortie. En cas de troisième guerre mondiale, je veux surtout pas te réveiller. Et puis faudra penser à rajouter un petit lit pour Manuel Valls, il peut plus dormir tout seul.

— Qu'il prenne celui de Guaino, proposa Carla.

— De toute façon, je vois rien, remarqua Valérie.

— Je peux ouvrir les volets, chouchou ? demanda fébrilement Carla à ce qu'il restait de son mari.

— Non.

— T'es sûr que tu veux pas te laver ?

— Pour quoi faire ? s'écria-t-il. Ils veulent visiter mon cul ?

— Non, monsieur le Président, murmura François, vous pouvez dormir en paix... Je vous réveille le 6 mai. »

Jeudi. Après la journée des caries, c'est la Journée de la femme. Un député zélé ayant décrété que la moitié de l'humanité, celle qu'on appelle les hommes, passerait vingt-quatre heures à s'excuser d'être mieux traitée que son autre moitié tout le reste de l'année... Jeudi, pour Penélope Cruz comme pour Nadine Morano, pour la colombe comme pour la dinde, jeudi, c'est Noël pour tout ce qui n'est pas foutu de sécréter du sperme ! Ce n'est pas ça qui les vengera ! Bref, c'est la Journée de la femme, et la mienne n'est plus là pour fêter le respect que j'aurais pu lui témoigner !

« Nicolas, m'avait-elle dit avant de monter dans cet avion, je prends une année sabbatique.

— Mais, ma chérie, tu ne travailles pas !

— Si, je couche avec toi. »

Aujourd'hui, c'est donc la journée de *la femme qui me manque.* Si elle savait ce qu'elle loupe ! Je lui aurais concédé un dîner aux Chandelles (prestigieux club libertin où c'est « ma » journée tous les soirs). Tant pis pour toi, fuyarde... Faute de mieux, je vais décrocher mon téléphone et souhaiter une bonne fête à mes ex. J'ouvre donc les Pages jaunes et j'entame la lettre A. En économisant mes mots, ça ne me prendra qu'un mois.

« Bonne fête, Abigaëlle, dis-je à la première.

— Nicolas ??!! Après toutes ces années, tu oses m'appeler, raclure de fond de bidet ?

— Le prends pas sur ce ton, vieux souvenir putride, c'est la Journée de la femme ! Je prends enfin conscience du caractère sexiste des remarques désobligeantes que m'avait inspirées ton évidente médiocrité. Laisse-moi donc faire un geste qui – pour changer – ne soit pas une claque !

— Nicolas, à ton niveau, tu sais le plus grand service que tu rendrais aux femmes ?

— Non...

— Ce serait que tu deviennes pédé ! »

« Quelle tristesse, me suis-je dit, après toutes ces années, blottie dans sa pudeur, voilà qu'elle m'aime encore. »

9 mars 2012

Indigestion

Samedi. Il fait beau. Les oiseaux chantent, le monde me tend ses lèvres botoxées par la diversité culturelle. Le programme d'aujourd'hui ? Hollande à la télé. Sarkozy à la radio.

Dimanche. Un nouveau jour, celui du seigneur, donc des feignasses. Les oiseaux s'époumonent pour un cachet minable.

Je souris d'avance aux surprises que la vie me fera dans trente secondes. Mon programme ? Sarkozy à la télé. Hollande à la radio.

Lundi. Sarkozy à Villepinte. Hollande dans *Le Parisien.*

Mercredi. Hollande à Marseille. Sarkozy dans *Le Figaro.*

Jeudi. Sarkozy dépasse Hollande au premier tour. Puis non, c'est Hollande qui mène. Puis non, ils sont à égalité, mais en fait non.

Vendredi. « Allô, maman, c'est moi, dis-je d'une voix vacillante à cette superbe blonde qui se fait passer pour ma mère depuis que j'ai traversé (en coup de vent) son col de l'utérus. Tu peux me faire un mot d'excuse ?

— Bien sûr, mon cœur, pour qui ?

— Le patron de *Marianne*. Il attend ma chronique dans une heure et ce Pol Pot éditorial veut que je parle de la campagne.

— Et alors ?

— Maman, tu seras bien trop conservatrice pour me donner raison, mais je pense très sérieusement à me donner la mort. Entre un meeting de l'un et une émission de l'autre, je cours sur mon balcon fumer un demi-clope, et là je mate le vide comme s'il avait les seins d'Angelina Jolie, submergé par l'envie de rouler un patin au bitume qui m'appelle, vingt-cinq mètres plus bas. Du matin jusqu'au soir, je vomis sans raison, mon visage est truffé d'éruptions cutanées (désormais, je ne suis sublime que dans l'obscurité), alors je me cache sous mes draps, mais là j'entends des voix (celle de Sarko, puis celle d'Hollande, puis les deux mélangées), et lorsque par miracle je trouve le sommeil, c'est pour "rêver" d'un plan à trois avec Carla Sarkozy et Valérie "Hollande" : l'une me griffe, l'autre m'étrangle, pendant que leurs maris me reluquent – déplorablement nus derrière leur pupitre. Ces deux cocus se gaussent devant mon impuissance, ils me jugent, puis s'approchent, puis me violent l'un après l'autre (d'abord Sarko, puis Hollande, puis les deux mélangés), je souffre le martyre, mon corps est bafoué de fond en comble, j'appelle au secours, “À l'aide !”, débarque alors François Bayrou (le même mais blond), qui me souille à son tour.

— Calme-toi, Nicolas !

— Maman, j'en peux plus ! J'ai l'impression de commenter ce duel depuis la IIIe République. Je veux que les Français votent, dès ce soir, afin que je passe à autre chose.

— Rassure-toi, mon chéri, à partir de lundi prochain, la loi sur le temps de parole va obliger les chaînes à inviter tous les autres candidats.

— Tu veux dire qu'au lieu de relire *Le Rouge et le Noir* je vais me goinfrer des débats de nains entre Dupont-Aignan et Philippe Poutou ?

— Tu oublies Eva Joly. »

Sur ces mots, ma tête s'est spontanément glissée dans le four à micro-ondes que ma main gauche a réglé sur 900 W.

Samedi. Ma mère m'a fait interner à la clinique du cinéma MK2 Odéon. Ceinturé à mon siège face à l'écran géant, je n'ai plus droit qu'à des fictions. Cure de politique. Ils m'ont privé de portable, interdit de « Grand Journal » et de BFM TV jusqu'aux européennes. Le sevrage est violent, je quémande quelques sondages auprès des ouvreuses.

« Je suis prêt à vous filer ma montre contre un baromètre Ipsos...

— Non, monsieur.

— Même pas une vieille estimation Sofres datée d'hier soir, par pitié...

— N'insistez pas. »

Le régime est très sec : Sarkozy ? Ils me l'ont remplacé par un passionnant court-métrage suédois, suivi d'un chef-d'œuvre iranien. Hollande ? Ce sera une comédie américaine. Je réapprends à rire. Mais, à côté de ça, je commence à trembler : qu'a répondu Fabius aux critiques de Copé sur le tacle de Jospin après le laïus de Fillon contre la charge de Hollande ? J'en sais rien ! Que dalle ! Panique : j'échangerais volontiers mes trois sœurs contre une minute de commentaire de Jean-Michel Aphatie.

Dimanche. Petit à petit, je reprends des couleurs. Je me gratte de moins en moins. Mon front est bientôt aussi lisse qu'une chanson de Yannick Noah. Dehors, les oiseaux se sont tus, mais mes neurones ont décidé de reformer un groupe de rock ! Je m'endors quelques heures. Et là, c'est la libération, aucune femme de candidat ne vient troubler mes songes. C'est avec émotion que je retrouve mon rêve récurrent d'avant la présidentielle : celui dans lequel Nagui égorge trois petites filles à l'arrière de mon 4 × 4. Je vais beaucoup mieux.

Seulement, une question me chahute : que vais-je te raconter, à toi, maintenant que je ne sais rien de tout ce qui t'obnubile ?

Dimanche (toujours). Pluie éparse sur la région Île-de-France. Il fait 11°. Michel Duchaussoy, merveilleux acteur, est mort dans l'indifférence quasi générale. Le revoir dans *Que la bête meure* avec Jean Yann (mort) et dans *Milou en mai*, de Louis Malle (mort). C'est étrange, tous ces types qui, avant de canner, n'attendent même pas de connaître le score de Sarkozy au premier tour...

23 mars 2012

« Grand Journal », petit président

Vendredi. La campagne, encore, toujours. Sarkozy face à Canal +. Deux heures d'une salade mixte où se mêlent le potache et le vachard, les larmes syriennes et les loches de la Miss Météo, le chômage et les Guignols. Comme si les auteurs de Canteloup travaillaient pour Elkabbach. D'ailleurs, dans le genre hybride, l'émission est excellente. Ça se picole comme du champagne. Jamais désagréable de voir le proviseur se mêler aux cancres : « Alors, les mômes, ça gaze ? Vous n'auriez pas un chewing ? »

Sarko, prêt à tout, surfe sur les vannes, encaisse les baffes en rigolant. Ça pue la com, comme d'hab, à un point qui dépasse l'audible, mais c'est du bon boulot : la bestiole électorale exécute un très beau numéro de faux cool. Une caresse pour Aphatie, un clin d'œil à Massenet et voilà une pichenette sur la fontanelle chaude du sympathique puceau du Net. Vendredi, c'est père sourire : on est loin de la mâchoire verrouillée par la question de Laurence Ferrari sur le fils

Kadhafi. Non, ce soir, Yann Barthès pourrait lui pisser dessus que Funny Sarko aurait lancé, goguenard : « Oh, vous êtes vaches, les gars, c'est collant, l'urine ! » Il veut tant plaire qu'il est plaisant. Même qu'à un moment, alors qu'il commentait le zapping comme s'il était dans sa cuisine, j'ai ri. D'un rire sonore. Certes, dans le passé, son mariage avec Carla fut poilant à m'en briser une côte, ses joggings en Ray-Ban achevèrent de me dessiner la ceinture abdominale, et je ne vous parle pas de ces missions commandos de superprésidents-blanches. Mais ce soir, c'est bien la première fois qu'il me fait rire de son plein gré. Alors, comment expliquez-vous que ça ne me fasse pas rire, de rire ? Comment expliquez-vous qu'un président qui veut tant plaire ne me plaise pas ? Moi que plus rien ne choque et qui choque trop souvent, je sens mes lèvres se pincer devant un tel manque de hauteur. « C'est quand même le patron des armées, merde ! » me surprends-je à gueuler dans mon salon soudainement Louis XV. Ras le fion de cette course aux bonnes notes, cette « Star Ac » quotidienne dont je suis à la fois le jury, le spectateur et le parolier (vu qu'ils ne chantent que ce qu'on leur souffle). Vendredi, j'ai 30 ans et je regrette déjà le général de Gaulle. Envie d'un grand-père solennel qui me répète son programme d'une voix sombre. Car, nom d'un cul de Lama serbe, depuis quand les chanteurs en promo ont accès au bouton nucléaire ?

« C'est moderne, me dis-tu.

— Ben, moi, je trouve ça ringard, d'être moderne à ce prix-là.

— Ils sont proches de nous.

— Trop proches ! Je vais pas voter pour des types qui me suivraient en discothèque ! Et puis, ils sont pas proches de nous, triple dinde, ils sont proches de nos suffrages. Tu trouves ça normal que le chef de la nation ait le temps de se faire emmerder par Mouloud Achour ? Et puis parlons business : c'est pas bon pour nos affaires, ces conneries. Si le sujet principal de nos impertinences fait mine d'en être friand, c'est qu'on n'est plus impertinents ! On va devenir la règle, mec, la norme ! Et moi, si je devenais la norme, c'est comme si un film de cul récoltait trois césars : ça ferait plus bander personne !

— Nicolas, ça fait longtemps que t'es devenu la norme. Toi-même, tu as fait sourire Le Pen, Mélenchon, Hollande, Juppé, etc. En plus, tu es déjà le fils d'une norme, donc t'es une énorme norme !

— Ah bon ?

— Oui, désolé, tu es ce que l'apôtre Jean Daniel, dans son dernier prêche, appelle "l'humour tous azimuts qui nourrit le nihilisme contemporain" (amen). Je te laisse y réfléchir.

— Non je déteste ça ! »

Lundi. Un taré assassine des enfants juifs (ce qui ne se fait pas). Il s'appelle Mohamed Merah et fait une entrée fracassante dans la campagne présidentielle. Du coup, nos candidats se remaquillent pour condamner les œuvres de ce monstrueux cinéaste amateur. Ils se précipitent à la télé pour dire qu'ils suspendent la compète. Pourtant, les discours s'enchaînent, leur image se redore dans le sang, ils jactent comme jamais, mais – officiellement – la campagne s'est tue entre deux parenthèses de chagrin. Quelle friable parenthèse ! C'est ça qu'ils appellent « suspendre la campagne » ? J'ai donc cessé de baiser quand je suis en train de jouir ? !

« Ta gueule, Nicolas. Ferme ta grande gueule ! Relis Jean Daniel...

— Il y a des circonstances qui imposent le silence.

— D'accord, mais alors pour tout le monde ! Qu'Hollande arrête de coller au train de Sarko, on a l'impression qu'il se déplace physiquement sur l'échelle des sondages, comme si quitter le cadre – ne serait-ce que deux minutes pour aller recoiffer son cheveu – lui ferait perdre l'Élysée. Que Bayrou n'en profite pas pour glaner ce qui lui manque. Que Sarko n'en fasse pas des caisses dans la sobriété. Que Marine se suicide au Destop. Que Guéant ne parle pas pour sous-entendre, sa seule présence au gouvernail semblant nous murmurer : "Vous voyez que mes thématiques n'étaient pas si mauvaises ? Dites, c'est un musulman ou c'est pas un musulman ? Il est un peu arabe ou il est pas un peu arabe ? Voiiiiilà ! Ça commence par égorger des moutons chez eux et ça flingue à bout portant une fillette chez nous !" (Bon, il a pas dit ça, bien sûr, mais m'est avis que c'est ce qu'il voudrait que l'imbécile entende. Car l'imbécile vote en masse.) Bref, chacun fait son taf, mais plus fort que d'habitude. Parce qu'on ne suspend aucune campagne à un mois de l'élection. Parce que nos candidats, de gauche comme de droite, sont devenus les soldats de leur propre cause, des fanatiques d'eux-mêmes dans ce jihad présidentiel. Seul le 6 mai sonnera la trêve : trêve de fausse dercherie, trêve de racolage, trêve d'allusions fétides et de trêves en plastoc. Le jour où tous ces bavards se tairont, ce jour-là seulement je la respecterai, leur foutue minute de silence. »

30 mars 2012

Le dernier jour d'un condamné à tort

Lundi. Après que DSK a été exhibé avec menottes et demi-barbe dans la télé de ses propres gosses, après que l'ensemble des médias l'ont expédié à Alcatraz avant même le procès, après qu'on a eu l'occasion de se tirer sur la tige en lisant ses textos égrillards (si tu lisais les miens, petit, tu serais foudroyé par une méningite morale), après que *Le Parisien* l'a prétendu « mort vivant » puis « bientôt quitté par sa femme », que plusieurs prostituées ont décrit ses galipettes dans les pages « politiques » de nos nobles gazettes, que ses pouvoirs ont été (légitimement) jetés aux orties, ses modestes conférences huées jusqu'en Chine, sa femme étrillée par d'obscures féministes, ses amis écartés par la trouille d'une contagion, bref, après que sa vie patachonne a fait de ce presque président un chômeur déshonoré, le voilà mis en examen pour « proxénétisme aggravé en bande organisée ». Du coup, lundi, je flippe ma race : jadis, aux heures blanches de la nuit, n'ai-je pas moi-même goûté aux charmes éphémères de muses dont le désintérêt financier ne fut jamais authentifié ? Je repense, non sans pâlir, à une certaine Katouchka Pornotova qui encombra mon lit davantage que mon cœur et dont les talons compensés ne compensèrent guère le nanisme du cerveau : certes, mon physique hollywoodien et mon sexe togolais n'ont jamais eu besoin de rallonge pécuniaire, certes je la revois encore rire à gorge profonde après chacune de mes saillies, mais quand on sait que cette polytoxicomane parlait à peine sa propre langue, ne dois-je pas craindre qu'un ami facétieux ait financé son enthousiasme ? Soudain je tremble ! Pour quelques dialogues corporels, me voilà « proxénète en bande organisée » ? Quand bien même aurais-je su qu'elle était plus sensible au gris-vert d'un billet qu'à celui de mes yeux, dois-je être mis en examen ? Que dire de Belmondo, qui loue une coquine à l'année sans que personne l'inquiète, excepté son cardiologue ? Et que dire de mon père ? Il est certain que sa femme – que j'ose appeler « maman » depuis que j'ai l'âge d'ouvrir ma gueule – ressemble davantage à une comtesse galloise qu'à une entraîneuse lilloise, mais qui peut certifier que ces trente ans de mariages ne furent pas réglés en douce par un cartel breton ? Et que dire de toi, lecteur priapique, qui me lis chaque semaine en jouissant à chaque ligne ? Tu sais bien que *Marianne* m'oblige à tapiner sur le trottoir de l'ironie pour une somme dérisoire ! Longeant le bois de nos besognes, tu te chauffes sur Guillon le mardi dans *Libé*, et le samedi, tu souilles Bedos !

Mercredi. Le journal *Le Monde* publie carrément le procès-verbal des poules à DSK. C'est pas cool, le progrès ? En ouvrant le canard du soir, tu peux te téléporter dans un commissariat ! Quels sont donc ces derniers scoops qui menacent la République et notre quotidien ? Eh bien, « à ce qu'on dit » (formule de journaliste moderne), le Strauss ne serait pas franchement féru du tantrisme à la Sting (ce guitariste blond qui fait beugler sa femme en lui soufflant sur les épaules), non, « à ce qu'elles disent » : il préférerait les prises de catch aux massages tibétains. Merci au *Monde* de me prévenir ! Je ne serais pas sorti de chez moi avant de savoir la vérité sur sa « bestialité ». En revanche, suis très déçu par l'absence d'illustration : aucune photo de coïts carltoniens, même pas un brouillon des positions litigieuses. C'est dommage que sa femme n'ait rien de visuel à se mettre sous le chagrin. On lui évite bêtement une dépression nerveuse !

Jeudi. À cheval entre le film porno et le film d'horreur, le supplice s'accentue : pissant de manière spectaculaire sur les droit de l'homme, de la défense et la constitution, la presse peut salir DSK mais ce dernier n'a même pas le droit de se laver dans la presse ! Sa bouche est barbelée. « Encaisse et ferme ta gueule ! T'es échangiste ? Alors mange la poussière, toi et tout ton fric, ta femme célèbre et ses tableaux de famille, tes cinq ans au FMI, ta gauche foie gras... Au Scrabble des envieux, la moindre faute coûte triple. T'as vu des putes ? Tue-toi ! Tiens, prends ce flingue, je te montre comment ça marche : tu débloques le cran de sûreté, tu te glisses le canon dans ta bouche pâteuse et tu appuies sur la gâchette ! Essaie pour voir ! » Boum ! Oh, merde il a tiré avant l'acquittement ! C'est donc qu'il est coupable !

Vendredi. Aujourd'hui, Dominique-Strauss Kahn, ancien ministre d'État, ex-président de plein de trucs, sommité économique, et depuis peu professeur à Sciences-pas de pot, a été retrouvé mort dans son cachot de la place des Vosges. Aussitôt, des photos de son cadavre ont été diffusées par *Le Monde, L'Express, Le Parisien* et *Le JDD*. Afin d'éviter tout rassemblement libertin, la justice a interdit à sa famille d'enterrer sa dépouille pouilleuse. Le corps du « monstre » sera brûlé place de la République, puis jeté dans les catacombes d'une île tenue secrète. Afin de dédommager les victimes présumées (et calomnieuses, soyons sport), les Picasso de sa veuve seront bradés aux puces de Saint-Ouen. Vendredi soir, à l'heure où le pervers sortait jadis de sa planque, une minute de silence sera observée en hommage à Nafissatou, Zubia, Gisèle, Svetlana, Tristane, Jean-Claude (révélation du *Monde*), Catherine Deneuve (révélation de Stéphane Bern) et Nicolas Bedos (au point où il en est, je peux bien dire ce que je veux). D'autre part, pour l'avoir soutenu – belle et ongles – dans l'épreuve, Anne Sinclair sera tondue et traînée au bout d'une corde de Paris à New York, ce qui lui laissera le temps d'expier son amour pugnace. Quant à ses enfants, dont les gênes sont suspects, ils seront débaptisés et rebaptisés « l'éventreur » afin qu'ils se rappellent la honte qui fut la leur.

Samedi. Pendant ce temps-là, en Suisse, dorant au soleil ses joues lézardées, Liliane Bettencourt joue au bridge avec le souvenir des sourires de Sarkozy. Mais ça c'est la vie privée[1] !

6 avril 2012

1. Le 14 mars 2012, *Marianne* révèle la découverte du juge Jean-Michel Gentil concernant la possibilité d'un financement électoral illégal au profit de l'ancien président de la République Nicolas Sarkozy, pendant sa campagne présidentielle de 2007. De 2007 à 2009, Patrice de Maistre, gérant la fortune de Liliane Bettencourt, a rendu possible le rapatriement de quatre millions d'euros en espèces, depuis les comptes suisses de l'héritière de L'Oréal.

Vous avez dit « bobo »

Lundi. J'ai craqué. Mon poing gauche, devenu autonome, est allé rebondir sur la joue droite de ce connard. Moi qui préfère toujours balancer une mauvaise vanne qu'une bonne droite, fût-elle de gauche, je n'ai pu réprimer cette réaction plus zidanesque que socratique. Le point de départ ? Débile ! À 17 h 35, je banalisais ma notoriété au rayon produits laitiers du Franprix de la rue de Bretagne ; oui, depuis que ma belle est partie, je fais moi-même mes courses, ainsi que le ménage, mon lit et autres corvées féminines – y compris celle qui consiste à me donner du plaisir (sur ce dernier point, j'ajoute que, secouru par une imagination prolixe, il arrive à mon poignet de mettre une raclée aux immodestes contorsions de mon ex). Bref, à peine dissimulé derrière mes lunettes noires, mon vrai grand nez et ma fausse barbe, je traînais comme tout le monde sous le néon d'une grande surface lorsqu'un avorton d'une quarantaine d'années

– qui me braquait ses yeux haineux depuis le rayon lessives – me traita de « bobo ». Et il insiste : « Trop facile d'être de gauche, quand on n'est qu'un sale bobo ! » « Bobo » : quatre lettres maudites ! La revoilà, cette casserole qui me colle au derche depuis douze ans, année où un certain David Brooks inventa cet obscur sociostyle. Contraction paresseuse de « bourgeois-bohème », cette gifle sémantique serait censée neutraliser tous ceux qui votent plutôt à gauche tout en vivant plutôt « à l'aise ». Et depuis, ça n'arrête pas ! Rien que la semaine dernière, durant son meeting devant les jeunes de l'UMP (oui, ils existent, tout comme les juifs antisémites et les Monégasques staliniens), Sarkozy l'a employée pas moins de six fois ! « Cette espèce de bobo », « le parti des bobos », etc. Les médias reprennent en chœur, et je ne trouve personne pour faire la peau à ce putain de mot qui ne dénonce que la bêtise de celui qui le prononce ! Nom d'un cul de brebis slave ! Aujourd'hui, dès que t'as un peu de pognon, le seul moyen d'échapper à cette injure, c'est :

1. D'être de droite dans un quartier chic : là, tu vis parmi les tiens, sur un boulevard sinistre du XVIe arrondissement, tu votes pour ta race, tu te tapes ta cousine, que tu trompes avec ta sœur... Bref, t'es cohérent.

2. D'être de droite dans un quartier pauvre : t'as les moyens de te payer un duplex à Saint-Paul (triangle d'or de la bombasse trentenaire), mais tu préfères raser les murs crasseux d'un essaim de banlieusards qui excitent ta peur du noir, t'as commencé en

d'Ormesson, tu finis en Morano... Bref, t'es radin ou t'es très con.

3. D'être de gauche, mais dans un quartier chic : du coup, t'es le seul à voter Mélenchon à la mairie de Neuilly, tu faufiles ton scooter électrique entre les Porsche Cayenne, tu caches ton jeans troué sous un loden beige, tes amis t'appellent plus parce que t'habites trop loin, tu fais fumer du shit aux pucelles de Sainte-Croix... Bref, t'es maso ou dépressif.

4. D'être de gauche dans un quartier pauvre : alors là, t'as du pognon, mais, comme t'es de gauche, t'as TOUT donné. Tu trouves Hollande « petite bite » avec ses 75 % au-dessus du million, toi, t'as fait vœu de chasteté mondaine, esthétique et culturelle, tu colles au train de vie de ceux dont tu souhaites l'ascension. Du coup, si ton rêve se réalise et que les pauvres deviennent moins pauvres tu te retrouveras... tout seul ! D'ailleurs, tu sais même plus pourquoi tu leur souhaites mieux, puisque personnellement, tu te contentes de que dalle. Bref, il te manque plus qu'une soutane et une hostie dans le fion. J'ai envie de dire : « Pourquoi tu bosses ? »

Mais alors, hors ces quatre pistes, pour le bobo qui, comme bibi, raffole des petits troquets de la rue Vieille-du-Temple, (je te conseille au passage le bistrot La Belle Hortense qui accepte également les prolos, les fachos, les aristos et les imams récalcitrants), pour celui qui préfère se fringuer chez Sandro rue des Francs-Bourgeois (voilà qui ne s'invente pas !) que chez Tati, boulevard des Fausses-Fauchées, bref, pour tous ceux qui préfèrent se faire beaux, becqueter du bio et se faire du bien tout en étant très favorables à l'autoconfiscation d'une partie de leurs revenus dans le but d'atténuer l'indigence de ceux qui rêvent d'être moi... Eh ben, pour eux, c'est « Ferme ta gueule ! Tu votes à gauche ? Faux cul ! Tu te sens coupable ? Mon œil ! T'es généreux ? Du flan ! T'as des principes ? Laisse-moi pouffer ! Tout ce que tu dis, tartufe, c'est pour faire belle à la télé ! Car la seule chose qui compte pour les raclures de ton espèce (dis-le, crache-le ou bien je t'étrangle), c'est de nager dans le caviar ! Parce que, pour moi, c'est ça, et comme toi, t'es pas mieux que moi, alors, toi : tais-toi ! »

Voilà pourquoi lundi, à 17 h 36, après qu'on m'a traité de « bobo » pour la soixante-dix-huitième fois, je me suis battu comme une racaille, je lui ai collé une pêche bien rouge, de la mélenchonite dans le bras, et puis je l'ai ramassé avant de fracasser son pif contre mon front de gauche.

Mardi. Ne supportant plus l'opprobre, j'emménage à Sarcelles ! Afin d'être sûr d'échapper aux suspicions, je choisis un F2 dans une tour tellement crade que – lorsque la nuit tombe, le tchador et les rats dansent – elle-même semble rêver d'être percutée par un avion jihadiste. Mes voisins ne parlent pas français. Certaines Africaines accouchent dans mon salon de dealers en herbe. Le désarroi ethnique est tel que j'ai vu une Malienne mettre au monde un Coréen. Pour me distraire, je n'écoute plus que du rap aux rimes encore plus pauvres que la population. Certes, j'habite dans le marais, mais cette fois, c'est un vrai ! Ils y jettent certains de leurs membres. Tout ça est monstrueux. Dieu soit loué (à bas prix), je ne suis plus un « bobo » ! La France va très mal, mais je peux dire que « moi aussi » ! Par bonheur, me voilà malheureux. Pourtant, ce soir, je doute que ma contribution psychologique soit un impôt précieux.

13 avril 2012

Ne mélenchons pas tout...

Lundi. Pom, cette ex-femme de mes nuits dont je ne parlais jamais avant qu'elle ne décide d'un commun accord avec sa colère qu'il valait mieux que je la quitte, bref, celle qui troqua l'hiver de notre amour contre l'été californien est rentrée à Paris ce matin. Je la croise. Physiquement intacte. Est-ce la vertu des retrouvailles ou le talent d'un chirurgien : ces trois mois d'affranchissement l'ont rajeunie de cinq ans ! Sous son pâle chemisier, ses seins d'Asie semblent d'Afrique. Du coup, pour m'assurer de son identité, je la hume, je la tâte, je la frappe. Comme avant. À ses petits cris de réprobation, je la reconnais immédiatement. Il n'y a pas de doute, la revoilà : ma moitié de citron précis, mon punching-ball d'amour, mon poussin poussif qui veilla sur mes gastros comme si c'étaient ses propres glaires.

« Je te manquais, jeune garce ? » lui dis-je d'un ton paternaliste emprunté aux colons d'Algérie (avant que les Arabes ne leur fassent goûter Marseille).

Bravant ma suffisance, elle me dit non d'un hochement de tête. Vu qu'elle n'a pas de profil, je lui demande d'ajouter le son. « Non ! hurle-t-elle.

— Alors pourquoi tu rentres, Pomponette bridée ?

— Parce que, apparemment, le bonheur possède un forfait limité : mon visa ne me permettait pas de prolonger mes vacances de ta sale gueule de rat ! »

Les tendres sobriquets sont enfin de retour. Elle a beau faire l'effrontée, je sais de source sûre (instinct.fr) que nous rêvons tous deux d'une renaissance nuptiale. À sa façon de me cracher dessus, je la sens pleine d'espoir ! Forcément, après qu'elle eut lavé sa mémoire dans l'exil, voilà nos cœurs débarrassés de tous ces coups de canif, coups de pute et coups de tronche distribués jadis dans la nuit de notre ennui.

« Non ?

— Non.

— Mais t'es partie trois mois à l'autre bout du monde ! Il te faut quoi, pour me pardonner ?

— Une lobotomie. Quatre mariages. Et un enterrement : le tien. »

Elle vient de me dire ça avec l'aplomb d'un homme. Et moi qui rêvais de retrouver mes habitudes, à commencer par la berceuse de ses sanglots – sans laquelle je ne trouve plus le sommeil –, l'opération « rupture impulsive » déboucherait-elle sur des adieux pérennes ?!

Alors je tente de l'attraper. Mes doigts orphelins cherchent le bout de sa laisse : rien ! Elle est mesquinement libre !

« Tu ne peux pas me faire ça, lui dis-je, la morve au coin du nez. Pendant ton absence, j'ai testé TOUTES

tes copines, ainsi que tes trois petites sœurs... ensemble... séparément... Avec préservatif... Avec plaisir... Conclusion ? Pour paraphraser mon ami Jacques Attali : “Sur un marché certes restreint – et très appauvri – tu es la plus compétitive !” Et je ne dis pas ça seulement parce que tu es la seule qui parle français couramment. La preuve, mon cœur, regarde l'état de mon salon : un seul être vous manque... et tout est mal rangé.

— Nicolas..., murmura-t-elle, remplissant mon prénom d'émotion. Tu vas voter pour Mélenchon ?

— Quoi ? »

Elle répéta, sans transition :

« Tu comptes voter pour Mélenchon ?

— Pourquoi ? dis-je, radicalement perplexe.

— Ça te plairait, le Smic à 1 700 euros brut ?

— Ben... oui.

— La retraite à 60 ans à taux plein ?

— Carrément !

— Le remboursement total de toutes les dépenses de santé ?

— Grave !

— Et l'écart maximal de rémunération de 1 à 20 dans toutes les sociétés, ça te fait pas bander ?

— Si, un peu, j'avoue... C'est mal ?

— Le regroupement public EDF, GDF, Areva et Total, tu kiffes ta race ?

— Ouais !!!!!

— Et tu pensais que j'allais revenir ?

— Non ?

— T'est vraiment trop con ! dit-elle. Comment comptes-tu rembourser toutes les misères que tu m'as faites ? Avec la suppression de l'exonération de charges sociales ?

— Je te suis plus, là...

— Vingt-huit petits milliards qui créeraient 800 000 chômeurs de plus, triple nouille ?!

— Mais t'as fait quoi, aux States, un stage chez les républicains ?

— Je vais repartir, couillon. On va toutes repartir. Pour toujours. Je vais te laisser aux canines des Chinoises, aux fléchettes des Allemandes... Tu vas voir un peu ce que c'est qu'une vraie casse-couilles... C'est bien beau de rêvasser place de la Bastille devant le Victor Hugo du café des Sports..., mais tes conneries, elles ont un prix : 33 milliards pour tes retraites, 40 milliards pour tes médocs gratos et 140 milliards pour ton pôle de l'énergie. En pleine période de crise, tu trouves ça judicieux d'user de ton bagou pour draguer toutes les pauvres ? Et je ne parle même pas de tes liaisons cubaines[1]...

— Pom, j'ai envie de te faire l'amour. Ton côté “droite sociale” me file une trique d'enfer. Si tu veux, tu peux te chauffer sur *The Financial Times*, moi, il suffit que je t'écoute me foutre la trouille mondialisée : je savais pas que Christine Lagarde, elle avait le cul de Gong Li !

— La dette, la dette, murmura-t-elle, comme si son

1. Interrogé sur France Inter le 5 janvier 2011 au sujet de son départ de l'hémicycle du Parlement européen pendant la remise du prix Sakharov récompensant les défenseurs des droits de l'homme au journaliste cubain Guillermo Fariñas, Jean-Luc Mélenchon a déclaré qu'il ne considérait pas que Cuba était sous l'emprise d'un régime totalitaire. Il a également salué la résistance du pays face à la mainmise américaine.

souffle s'échappait d'une bouteille totalement vide... La dette, la dette... Que tu me dois... »

Puis, s'éloignant, elle décréta :

« Tu n'es qu'un beau parleur, mon ange... En joyeux drille ivre de lui, t'as gaspillé toutes mes richesses... Mélenchon ne passera jamais, et je ne reviendrai pas. Au lieu d'assurer notre avenir, vous flagornez le "tout de suite". Sauf que, moi, mon amour, à chaque promesse d'ivrogne, je me rappelle tes lendemains de cuite. »

23 avril 2012

L'énergie du dépotoir

Dimanche. 18 heures. Premier tour des présidentielles. Enfin !!!!! Au lendemain de mon anniversaire (qui, malice du destin, est aussi celui du fiasco jospinien), je trempe mon anarchisme dans un bain si moussant qu'il émousse mon civisme. Ma biture de la veille m'invite à l'abstention. Lorsque Twitter m'annonce le carton bleu Marine Le Pen : « Carlita ne chantera pas, la mer qui pue à 20 °C », « 19 points pour l'équipe de Jeanne Dark » (les internautes sont des poètes). Résultat : merde ! Va falloir voter. Un coup de scooter et me voilà, encore humide, à la mairie de Boboland, devant trois bouts de papier qui me réveillent autant qu'une boîte de Lexomil. Sarko ? « C'est drôle, mais c'est honteux. » Hollande ? « C'est chiant, mais c'est mieux. » Mélenchon ? « C'est bidon, mais c'est dommage. » Je votais blanc, j'ai voté chiant.

20 heures. Chazal et Ferrari, deux blondes, annoncent – comme prévu – la percée d'une troisième blonde : sur le plan strictement capillaire, étrange impression d'emménager dans un fantasme nazi.

20 h 02. Dès lors, en deux minutes, toute la droite modérée s'est fait décolorer. Même Rachida Dati, la fille d'immigrés soudain très remontée contre le vote des étrangers, s'est moranoïsée : un grand écart assez violent pour l'auto-exciser.

21 h 10. On attend le discours du président perdant. Je l'imagine dans les toilettes, agrippé à son portable : « Allô, Marine, c'est Nicolas. Je voulais te dire : tu me manques... Tu me manques beaucoup trop. Autour de 20 %. Tu es libre à souper ? »

22 heures. Bravo la lose ! Malgré son école buissonnienne, ses cassages de pédés et autres coups de canif dans la barbaque halal, il vient de se faire larguer par des millions de Français. Et pourtant, le type jubile ! Il sourit quand il perd : c'est son style Domenech. « J'ai pris cinq buts ? On va gagner ! » Il ne lui reste plus que l'énergie du dépotoir. Dès demain, il parlera des « petits, des sans-grade » dans la langue de Jean-Marie. Pourquoi ne pas finir la campagne en allemand ? (Si j'atteins mon point Godwin, c'est que c'est leur point G.)

23 heures. Copé l'immonde en plein coït avec le Front. Lui aussi a plongé ses trois cheveux dans l'eau oxygénée : immigration, assistanat, frontières. Il ne me décevra jamais ; c'est le sultan des enfoirés.

23 h 15. Henri Guaino, expatrié de son gaullisme, se lâche à son tour. J'observe sa nervosité : il a de plus en plus de tics ? Non, il fait des clins d'œil au FN !

23 h 20. Nausée. Je zappe sur M6 qui diffuse *Spiderman.* Si Tobey Maguire (comédien pâlichon s'il en est) a pu incarner la superaraignée, Hollande peut bien jouer le président. « Il manque d'audace ! » dit-on. Tant mieux. Après cinq ans de témérité, je préfère le shit à la coke. Une sieste après les convulsions.

Lundi. Ça y est. Plus besoin d'être de gauche pour ne pas être de droite. Les anciennes couvertures de *Marianne* (qui ont rarement été de mon goût) semblent, rétrospectivement, traîner aux chevilles de la réalité. Le retour d'une méchante droite qui fait peur aux bébés ? Tu en rêvais ? Ils te la filent. Mes enfants – si on m'en prête – gazouilleront dans un monde « extrêmement » simplifié. Comme avant. Les racistes d'un côté et, de l'autre, la gauche. Tu trouves mon raisonnement primaire ? Je te propose de mater Morano chez Denisot. C'est tout de suite. Regarde cette main câline qu'elle vient de poser sur l'épaule du facho. Elle tapine en public. Pis, il en veut même pas ! Déchirante image d'une pute au chômage.

Mardi. Sarkozy propose « sa » fête du travail. Il s'agit plutôt de faire leur fête aux chômeurs. Qu'il assimile à des feignants, des fraudeurs, des malins, des peinards plein de pinard. Ce qui – statistiquement – est faux. Même le « M. Économie » de BFMTV (qui est à Mélenchon ce que Guillaume Musso est à Julien Gracq) estime à 1 % ces fameux « assistés » volontaires. Non, rassure-toi Edmond, la France n'est pas le Disneyland des pauvres. Mais Nico Sarkozy (ancien maire de Neuilly mort au Fouquet's en 2007), cet homme que – contrairement à d'autres – je ne prenais ni pour un con, ni pour un nul, ni pour un fou, est en train de fumer les restes moribonds de sa postérité. Plus une seule de ses phrases qui ne se cuisine en Marinade. Question : si, comme il le suggère, le chômage est à ce point plus confortable que le travail, pourquoi se rabaisse-t-il autant pour préserver le sien ?

Mercredi. Même Borloo, même Rama (qui, l'an dernier, riait de bon cœur à mes impertinences), tous retournent leurs vestons à doublure vert-de-gris. Dans un curieux élan de loyauté, ils accompagnent leur candidat dans la poubelle de ses plagiats frontistes. Voici Guillaume Peltier, transfert du FN, puis de Philippe de Villiers (cette grenouille de bénitier dont les têtards s'enculent), Guillaume Peltier, dis-je, qui fraternise avec Juppé : c'est comme si on m'obligeait à partager une vanne avec Anne Roumanoff !

Jeudi. Je pense à mes amis. Mes amis de droite, et Dieu sait que je les cumule. Tous ces misanthropes de compète avec qui je découche pour partager une muse, quelques idées, la plupart de mes lectures, de tendres cynismes et autres agacements face à la gauche contradictoire, angélique ou doctrinaire. Jeudi, je pense à Gaspard Proust (qui vaut bien Sophia Aram) et à Florian Zeller, à Neuhoff ou Luchini (qui vaut bien Marc Jolivet), ces oxymores sur pattes qui fustigent l'égalitarisme béat tout en démocratisant leurs fragments d'intelligence... J'imagine leurs grimaces devant de telles obscénités. Vont-ils devoir voter Hollande ? Rien ne leur sera épargné ! Quoi qu'il en soit, Sarko and Co viennent de poser un mollard sur ce qu'il restait de leurs principes. Désormais, la droite qu'ils aiment – celle des Morand, Blondin, Aron, Nimier, Muray – grelotte dans son manteau de poussière sur l'étagère de ma bibliothèque.

Jeudi. À une torride jeune femme qui, l'autre jour, me demandait, entre deux vodkas-jet, si je voyais une différence entre Hollande et Sarkozy, je réponds : « Oui, Marine Le Pen. »

4 mai 2012

Sarko, reviens !

Dimanche. Voilà... c'est fini pour Sarkozy. Dans un tardif sursaut de pitié, la France vient de libérer son otage présidentiel. Mon meilleur ennemi. Telles des Farc parisiennes, on te relâche à moitié mort. Plus tiqué que jamais, somnambulant vers l'extrême droite, qui te renvoie vers Bayrou, qui te renvoie vers ton miroir qui, derrière toi, laisse apparaître les couteaux de Copé, Fillon, Juppé et Raffarin. Ton baiser sur le front de Marine vous a filé le sida... Tu paieras leur vaccin. Mais tu t'en tapes : on va se blinder ! Vole, mon enfant, vole ! Je t'attends devant le Fouquet's : plus besoin de se retenir ! Ce sera notre Élysée du riche, on pissera dans le caviar – matin, midi et soir –, on sucera des cigares – à la barbe des journaleux qui auront tant bridé ton naturel joyeux. Tu es libre, mon chou, comme un joli compte en Suisse. D'ailleurs, tata Bettencourt t'ouvre sa portière à la sortie de cette taule d'austérité qu'on ose appeler le pouvoir et qui n'autorise que la frigidité financière ! Embrasse-la, ta Liliane, galoche-le, ton Lagardère. Tous ces fidèles potos qui t'apportaient des oranges au parloir de Brégançon. Fais la teuf, mon Nico ! Par contre, que ce soit clair : va falloir picoler des litrons de silence, fumer de la discrétion jusqu'à l'anonymat chronique, cacher ta femme sous les tropiques, muter ton fils dans les hautes steppes. Sinon, c'est rebelote ! Je veux t'entendre glander jusqu'en 2027, je te prescris une sieste encore plus longue et scrupuleuse que le coma d'Ariel Sharon. Tu ne les as pas volées, va, tes vacances de milliardaire ! Pas plus que les beignes que t'as mangées, en salade, en sushis, en tweets et en librairies. Voilà dix ans que t'encaisses les savates de Guillon, les croche-talonnettes de *Libé*, les pichenettes de Canteloup, les scoops d'Edwy Plenel et les unes de *Marianne* (auquel je prédis un plan de licenciements). Ah, mon Sarko, t'en as bouffé, de la merde... Mais t'en as cuisiné aussi ! Ces misérables ricaneurs te taillaient sur ta taille ? C'est qu'elle était à la hauteur de tes récentes déclarations. Cécilia s'est barrée ? Elle connaissait la suite. Carlita l'a remplacée ? Attends de connaître la suite ! Elle change de favori comme elle change de tronche : tu la vois, ma Carla, consolant un joggeur avec des problèmes d'élections ? C'est une chasseuse de têtes, pas une infirmière bulgare !

Mercredi dernier. Il était temps qu'on te lâche. Durant le débat, j'ai bien cru qu'Hollande allait t'euthanasier. Du coup, même Laurence Ferrari, après avoir fini seize pages de sudokus, regardait l'ancien Flanby comme si c'était Brad Pitt. À 21 h 10, vu qu'il ne touche plus terre, et que tu ne voles pas bien haut : la collision ne saurait tarder. La voici : tu abuses du mot « menteur » comme tes fameuses « racailles » dans la cour de leur lycée technique. Il te sourit au nez, tu l'attaques au pif. Il te griffe sur le fond, tu répliques en chiffres, petit combat de colles, mais le mou du PS s'est musclé le cortex grâce aux haltères de ton bilan. On le disait rond ? Le voici tranchant ! Soudain, je me demande si ça n'est pas par charité chrétienne que ce président rentrant t'a épargné deux débats de plus... Afin que tu ne deviennes pas le Jacques Mayol des sondages !

Dimanche dans la nuit. Avant d'aller amortir mon gauchisme opportun en draguant d'enthousiastes Maghrébines place de la Bastille, je traîne quelques minutes sur cette place de la Concorde UMP pareille au regard de Nadine Morano. Je croise quelques pigeons et trois touristes japonais. Je te cherche, mon Nicolas, j'ai un cadeau pour toi. On m'a dit que ça te plairait. Il s'agit d'une valise de billets : un billet de banque pour chaque billet d'humeur que tu m'as inspiré. Car, soyons franc, tu fus ma muse, mon fidèle encrier. Bien davantage que mes compagnes – qui ne tiennent jamais un quinquennat dans ma PME affective ! Avec toi, au moins, « c'était du sérieux » : pas une semaine ne passa sans que je plonge ma plume dans tes propos d'enclume. Qu'aurais-je dit à la radio, à la télé ou dans le journal, sans les blagues coloniales de ton ami Brice Hortefeux ? Sans ton mariage express avec celle qui t'a prêté la seule voix qu'elle avait ? Sans tes Ray-Ban d'acteur porno, tes envies de tester l'ADN des terroristes nourrissons et ton discours de papa blanc devant ces lopettes négroïdes ? Que serais-je sans toi ? David Pujadas ! C'est pourquoi, aujourd'hui, avant que tu ne t'envoles vers Fleury-Mérogis Island, il est temps de faire les comptes, ceux qui font les bons ennemis : je te dois un paquet de fric ! Beaucoup moins que Guillon, certes, mais c'est déjà énorme ! Et je ne te parle même pas de mon père adoré, qui m'enrichit sur le dos de la droite depuis la IIIe République (certains se rappellent peut-être ce sketch hilarant qui rendit vert de rage le maréchal Pétain). Sauf que mon paternel, s'il est prêt à donner 75 % de ma mère à son copain Hollande, ne lâchera rien pour un réac ! En revanche, moi, j'assume. Je chargerai Éric Woerth de te confier la valise : c'est un groom très consciencieux.

Lundi matin. J'ouvre un œil imbibé de sangria cégétiste. N'était-ce qu'un rêve ? Non, puisque je suis échoué sur un lit de roses fanées, entre Pierre Arditi et Josiane Balasko, dont la cuisse droite comprime mon cœur. Mon portable sonne : François Hollande ! Que je fréquente, que je tutoie. Pis, je l'aime bien ! Me voilà pris à la gorge ! L'impertinence carbonisée par la félicité ! Que vais-je écrire dans cette galère ?! En tant que citoyen, c'est peut-être un jour de gloire, mais en tant que chroniqueur, c'est une longue nuit de deuil ! Un président « normal », doublé d'un camarade : bonjour la page blanche ! Rendez-moi mon Nicolas ! Allez, rendez-le-moi ! Reviens ! Reviens ! Il me reste un peu de venin !

11 mai 2012

Le grand jour (de pluie)

Mardi. Terrorisé par la journée d'investiture qui nous attend, François a vomi toute la nuit, tel Jacques Brel avant son tour de chant. Avide d'un poste culturel, je me précipite pour nettoyer les draps Tati dont il refuse de se séparer.

« Laisse, Nicolas, je vais le faire, me dit-il entre deux spasmes.

— Non, François, lâche cette éponge ! Ce n'est plus ton vomi, c'est une souillure présidentielle... Un état d'âme d'État.

— J'ai peur !

— Je sais.

— C'est très grand, l'Élysée ! La dernière fois que j'y suis allé, je portais la mallette et la perfusion de Mitterrand. Je dormais sur la moquette, à côté du chien Baltique. »

Décidément, mon petit bonhomme de Tulle a bien du mal à se projeter dans le rôle principal. Éternel

Sganarelle bombardé dom Juan, je le regarde trembler devant le miroir de son rétroviseur. Afin qu'il réalise la fonction qui lui incombe, j'ai demandé à Valérie de l'appeler « monsieur le Président », y compris durant leur roulade érotique hebdomadaire.

« Oh oui, monsieur le Président... OUI, là, monsieur le Président... Mais qu'est-ce que tu fous, monsieur le Président ?

— Je panne ! C'est trop d'honneur, mon cœur ! Appelle-moi "mon secrétaire". Je me sens plus léger quand tu me réduis. »

9 h 45. C'est l'heure d'y aller. Dans le parking de l'immeuble, François se dirige mécaniquement vers son scooter Yamaha, je le jette de force dans la berline.

« Je peux prendre le volant ? demande-t-il alors.

— Non !

— Mais c'est qui, le monsieur noir qui conduit ?

— C'est ton chauffeur, connard.

— Bonjour, monsieur, dit-il en sortant un billet de 10 euros. Ça vous dérange pas de nous déposer à l'Élysée ?

— C'est un honneur, gardez vos sous, monsieur le Président. »

Sur ces mots, François dégueule le peu qu'il reste de son petit déj (trois pétales de corn flakes Special K), et nous nous disputons encore l'éponge. Sur la route, il jette un regard inquiet à travers la vitre.

« C'est bizarre, y a personne. C'est férié, aujourd'hui ?

— Non, Fanfan, on a bloqué Paris pour toi.

— Pour moi ? C'est pas gentil pour les autres, ça... Ils ont sans doute des choses à faire, les pauvres... »

Au feu rouge, alors que le chauffeur s'apprête à passer la seconde, François tire sur le frein à main, ce qui projette violemment la poitrine de Valérie contre le tableau de bord.

10 heures. Je regarde mon François tituber de trouille sur le tapis rouge au bout duquel Sarko l'attend, le sourire aussi sincère que celui de Göring au procès de Nuremberg. En lui serrant la pogne, Hollande serre les mâchoires, pas tant pour faire la gueule que pour réprimer une ultime gerbe sur le costard de son hôte.

10 h 30. Le rejoignant là-haut, dans le bureau présidentiel, je tombe sur Sarko qui dispute une belote avec Henri Guaino.

« Où est François ? ai-je demandé aux deux perdants.

— Aux chiottes. Ça fait trente-cinq minutes. Quand je lui ai filé les codes nucléaires, il est parti en trombe. »

Me voilà devant la porte des cabinets de la République.

« Sors de là ! lui dis-je.

— Je peux pas ! Je crois que j'ai paumé les codes.

— Où ça ?

— À ton avis ?

— Bon, ça suffit, François, écoute-moi bien maintenant. T'as un stylo sur toi ?

— Oui, un Bic quatre couleurs, j'aime pas les stylos à plume, c'est trop sarkozyste.

— Attrape un bout de PQ et écris-moi ton nom. T'écris Hollande en lettres majuscules.

— OK. C'est fait.

— Regarde bien ton nom, puis plie le papier.

— C'est bon. Je fais quoi maintenant ?

— Tu votes pour toi !

— T'es sûr ? J'hésite...

— Fais-moi confiance, François : vote pour toi ! Balance le PQ dans la cuvette. Tire la chasse !

— C'est fait.

— A voté ! »

Il ouvre la porte, me laissant découvrir sa fierté dépucelée, puis nous sortons de l'isoloir.

11 heures. En bas, c'est la cour de Versailles ! Le comte Manuel de Valls a rassemblé les courtisanes. Mazarine P., autrefois surnommée « la fille au masque de fer », redécouvre son enfance ainsi que les fidèles laquais de son père ; Bernard Murat (directeur de théâtre dont les amis sont de gauche et la programmation de droite) tire discrètement sur la perruque poudrée de mon ami Jean-Mimi de Ribes. Afin de manifester sa généreuse fidélité, Claude Sérillon balance sa propre femme dans les bras du président. Quant à Valérie, dite « Paris Mâtche pas ses mots », elle flingue du regard la baronne d'Aubry qui, trois mètres plus loin, s'impatiente de savoir si elle créchera ou non au palais de Matignon. Ce sera non, Martine, puisque Jean-Marc Ayrault, à côté de qui François Fillon passe pour Gad Elmaleh, est le seul type d'Europe qui crut en l'élection d'Hollande avant l'affaire du Sofitel.

15 heures. Il pleut des trombes.

« Un parapluie, monsieur le Président ?

— Non merci, c'est gentil. Je suis un président normal. Un homme normal, ça bouffe de la flotte sans broncher. »

17 heures. Il grêle des couilles d'ours polaires.

« Un casque, monsieur le Président ?

— Non merci, c'est gentil. Un homme normal, ça en prend plein la gueule. »

19 heures. La foudre s'abat, son avion s'enflamme.

« Un parachute, monsieur le Président ?

— Non merci, c'est gentil. Un homme normal, ça crève. »

Décidément, ce jour-là, le ciel avait voté Sarko. Hollande, lui, a voté Bronchite.

23 heures. À l'Élysée, j'entends le bruit d'une trottinette : c'est mon François qui rentre ! Je le balance dans le sèche-linge. Tous les prétendants ministres ont campé sur le perron. Nous regardons Notre Altesse waterproof tournicoter dans la machine. Soudain, Valérie me fait signe de la suivre. Voici enfin venu l'instant que Stéphane Guillon, Didier Porte et moi-même attendons depuis toujours : la visite de nos chambres ! Comme d'habitude, Guillon essaie de me passer devant, rappelant à Valérie son éviction de France Inter. Ce à quoi je réplique par les trois plaintes portées contre moi par Brice Hortefeux, Marine Le Pen et Jean-François Copé, ce qui vaut bien 30 m^2 !

« Vous battez pas, dit-elle, vous dormirez ensemble ! »

Mercredi. Cette nuit, j'ai pas pu fermer l'œil, car, en plus de ronfler, Guillon a été de gauche TOUTE la nuit. Il rêve en socialiste. Et moi, politiquement, je me sens bien trop mineur pour appartenir à une quelconque majorité.

18 mai 2012

Comment je suis devenu « raciste »

Mardi. Comme chaque matin, tout en trempant ma tartine dans une chanson d'Yves Duteil, je me dirige vers ma boîte aux lettres aussi spontanément que Jean-François Copé vers les idées de Marine Le Pen. Je sais qu'elle contient des trésors de compliments libidineux, dépucelages littéraires, numéros de portables et autres poils pubiens, bref, bien que je sois célibataire jusqu'à m'en péter le frein devant *Autant en emporte le vent*, mon public est une maîtresse que je déflore à coups de chroniques ! Je glisse donc une main sereine dans la fente gourmande de cette tirelire à fanatiques, j'ouvre la première enveloppe qui me tombe sous l'ego et, savourant d'avance cette écriture sans doute friponne, j'ai la surprise de lire ceci :

« Nicolas Bedos, enculé d'ta mère la chienne, paraît que tu dis qu'tous les Arabes sont des putains de voleurs ? Moi, je m'appelle Rachid, mais j'suis né dans ce pays, j'suis français comme ta catin de sœur et j'ai jamais chouré une pomme chez l'épicier “robeu” qui te vend ton alcool de clochard, alors crois-moi : si je te croise, j'vais fumer ta sale gueule de bâtard et ce jour-là c'est toi qui l'auras pas volé. »

Bien. Bonjour. J'empoigne aussitôt ma plume, ainsi qu'un tube de Lexomil, et je réponds à brute-pourpoint :

« Cher monsieur Rachid, heureux compatriote, c'est avec intérêt qu'en cette douce matinée j'ai pris connaissance de votre missive – qui découle, j'en suis sûr, d'un cruel malentendu. Si vous faites référence, non sans passion, à ce tweet maladroit griffonné le soir de l'élection, sachez qu'en écrivant, sur les coups de 20 heures, que *les Arabes vont pouvoir se remettre à voler,* ce n'était que pour mieux dénoncer les propos d'un ténor UMP qui, tout à son aigreur, promettait à la France – je cite – “un président laxiste pour une terre d'immigrés”. Ne doutant aucunement de votre sensibilité, bien que je vous sente “taquin”, vous comprendrez aisément que ce tweet malheureux, bêtement pourfendu par l'abbé Mathieu Kassovitz, est aux antipodes de ce que je pense personnellement.

PS : d'ailleurs, afin de vous prouver ma bonne foi (et trop soucieux de préserver une clientèle moins désargentée qu'on ne le dit), je suis prêt à incarner une boulette de couscous dans un film d'Abdellatif Kechiche. D'autre part, de la même manière que, l'année dernière, je m'étais autocirconcis pour prouver à certains juifs que je n'avais pas personnellement dénoncé Anne Frank, je suis parfaitement disposé à porter le voile.

Bien à vous, Abdullah, inch Allah, Nicolas. »

En allant poster cette lettre, je me suis tout de même interrogé : comment en suis-je arrivé là ? Faut-il ajouter « LOL » à chacune de nos phrases, comme dans les textos d'un ado trisomique ? Ou bien « CPDR » (c'est pour de rire) ? Certes, j'aurais pu prendre un accent, mais à l'écrit, c'est difficile ! Nom d'un cul, chaque semaine, des mascarades de procès en « racisme » servent de diversion au danger véritable : celui des enculés pure souche qui philosophent à la télé, au JT, chez Ruquier, et bientôt à l'Assemblée ! Est-ce vraiment une urgence, monseigneur Kassovitz, de tirer dans les couilles d'un simple chroniqueur qui, contrairement à toi, s'est payé Marine Le Pen, Claude Guéant, Henri Guaino et Jean-François Copé en face ? Que t'ai-je fait, camarade, pour que tu me condamnes dans ton remake foireux des *Sorcières de Salam* ? Rien ! Je fais même partie des quinze martyrs qui ont payé leur place pour aller voir ton dernier bide (que j'ai trouvé pas mal, dans le genre bof). Allez, Kasso, cassos ! Je suis prêt à te donner 50 000 followers, quelques mots de vocabulaire et une boîte d'antidépresseurs, mais laisse-moi mon antiracisme, par pitié, c'est un cadeau de mon père, je l'ai eu pour mes 10 ans, j'y tiens énormément.

Mercredi. Incapable d'arrêter la déferlante d'insultes qui pollue mon compte Twitter, à base de « sale facho » et de « bouffeur de bougnoules » (sobriquets qui me vont aussi bien que la crête orange sied à Louis Nicollin), j'envisage sérieusement de m'exiler en Belgique, pays où par bonheur l'ironie et la fortune sont encore respectées (LOL) ! Je préfère encore bouffer des frites et choper cet accent de merde (CPDR) que d'assister en direct à l'exécution de mon deuxième degré ! Du coup, à 19 h 09, préparant mes valises virtuelles, j'annonce mon départ de Twitter par un dernier tweet au style fort dépouillé : « Adieu, mes frères de vannes, orphelins de la dérision, pissez sur le missel de la paranoïa. » Sauf qu'à 19 h 10 lepoint.fr, repris par 20 000 tweets, titre : « N'assumant pas ses propos xénophobes, Nicolas Bedos ferme son compte. » Du coup, happé par mon orgueil, à 19 h 11, je décide de rester et je tweete : « Mes enfants, délicieux tweetos aux joues encore souillées par vos larmes chaudes, suite à une réflexion d'au moins quatre minutes, me revoilà ! » Sauf qu'à 19 h 12 le site de *L'Express* titre : « Assumant totalement ses propos nazis, Nicolas Bedos quitte la Belgique ! » Suivi, dès le lendemain, par leparisien.fr, où je découvre que « Guy Bedos condamne les propos de son fils » (j'invente rien). Voilà qu'ils essaient de me fâcher avec mon géniteur ! Autant tenter de séparer Roméo et Juliette ! (Papa, c'est moi qui fais Juliette.) Bref, il est temps d'appuyer sur le bouton « game over » de mon ordinateur. J'ai peut-être tweeté une belle connerie, mais j'en lis trop à son sujet. Rendez-vous dans *Marianne*, et en librairies (au rayon X, entre Brasillach et Brigitte Bardot). LOL*.

25 mai 2012

** 95 % de cette chronique était véridique. Depuis, je ne tweete plus. Ou alors quelques banalités promotionnelles. Du genre « Sortie de tel film après-demain », « Sur Canal+ à 19 heures » et toutes ces fadaises que les twittos exècrent. Bien fait pour eux.*

« *Exit* » *les fantômes*

Lundi. Première interview de notre nouveau président. Face à un Pujadas penaud, Hollande exhibe sa modestie : les poignets de chemise retroussés pour laisser apparaître son absence de Rolex, sa veste soigneusement trop petite, sa chevelure déficitaire, son cou dont les caisses sont vides, sa femme désireuse de trimer (quand toutes celles que je rencontre rêvent de glander sous le soleil de mes efforts), son avion privé nationalisé en train, son gouvernement qui vote lui-même sa baisse de salaire (c'est la première fois que je vois des enfants réclamer des baffes et des devoirs supplémentaires) ; bref, tout en lui crie : « Ne parlons pas trop fort. » Alors que son « prédécesseur » avait la bêtise triomphante, Hollande – en public – serait plutôt du genre à cracher sur le compliment.

« Un petit éloge, m'sieur le Président ?

— Non, merci, sans façons. Je suis au régime grec. »

Si je précise « en public », c'est que je sens qu'à

l'intérieur, dans sa petite caboche d'ancien sous-secrétaire, c'est Jean-Roch aux platines ! Ses neurones dansent le jerk sur le dance floor de sa fierté. Mais oui ! On sent bien que, dans son futal de flanelle bon marché, son érection dit pas « pardon ». C'est quand même pas Jésus qui va crécher cinq ans gratos au cinq étoiles de l'Élysée ! Seulement, la grande différence avec l'« autre », c'est que ses Ray-Ban, Hollande, il les porte la nuit. Chez lui. Du coup, y a pas de preuve ; du coup, je m'ennuie. Avec sa manie de la concertation, il est foutu de ne pas commettre une bourde avant l'année prochaine, ce con !

De toute façon, **mardi**, ça pue l'été et les vacances. Même devant Pôle emploi, les chômeurs sentent le sable. Les émissions de télé s'éteignent avant même qu'on ne les zappe, les présentateurs – bien que cravatés jusqu'au bulbe – portent déjà un maillot de bain, et Laurence Ferrari, paraphrasant Edmond Rostand, se vire d'elle-même avec assez de verve, mais elle n'offre à personne le plaisir de la virer ! (Dommage, je me serais bien dévoué. Non pas qu'elle ait démérité, mais c'est toujours très excitant de virer une jolie femme : ça lui confère pendant une heure la beauté intérieure d'une moche.) Bref, les terrasses des cafés se muent en supermarchés de trentenaires hystériques raccourcissant leurs jupes – ainsi que leurs exigences –, les cadres sup font bronzer leurs RTT dans les jardins impudiques, la bite tendue vers une mer imaginaire, chacun rêvant de lécher de l'eau salée sur la couenne de son voisin d'UV. Depuis quelques jours, Paris ressemble à un aéroport dépourvu d'avions.

Du coup, **jeudi**, j'en ai pris un. Direction la Corse. Calvi. Cette maison de vacances familiale qui va bientôt fêter ses quinze ans sans explosion. C'est peu dire que mon père s'est battu pour préserver son bien : je le revois encore, chaque hiver, enfiler une cagoule pour prêter main-forte au FLNC, obligé de faire sauter la maison de ses propres amis pour que la nôtre reste debout. C'est ainsi que Bedos tenta de plastiquer Dutronc qui plastiqua Fugain qui s'auto-plastiqua deux fois en gage de solidarité.

Vendredi. Je me balade, seul, dans cette maison bondée de fantômes de mes amours ratées. Ce n'est pas un seul film que ces murs me repassent, c'est tout mon Festival de Cannes perso. Et, à chaque fois, la Palme, la meilleure actrice et le Prix spécial du jury. Je revois chacune d'entre elles, à quelques années d'intervalle, débarquant début juillet par la même baie vitrée, sur la même terrasse, une valise d'enthousiasme à la main. Je revois ma mère, avec son sourire de chanteuse québécoise et son regard de chef de guerre indochinois, leur faire passer le grand oral (« Vous n'êtes pas de droite ? Vous n'êtes pas pro-israélienne ? Vous n'êtes pas végétarienne ? Tant mieux, j'aime les gens tolérants »), je revois mes sœurs, si joueuses, les encourager à plonger dans une piscine préalablement vidée, puis mon chien s'amuser à les mordre jusqu'au sang (« Il est jeune, laissez-le faire », leur disait maman). Je revois C. me quitter dans le jardin, N. m'engueuler près des rochers, E. s'endormir sur le hamac et ma Pom adorée planter du basilic à 2 heures du matin. Pour vous, c'est quelques lettres dans une chronique bavarde, pour moi, c'est un carambolage de vies, un mille-feuille de gonzesses remariées qui font de ce paradis un cimetière sentimental. À tel point que, ce soir, je me surprends à déplacer les meubles de ma chambre, positionnant le lit en dépit du confort, puis à me pieuter dans le salon, cherchant vainement la virginité d'un décor souillé par les promesses, les rires et les séparations. J'éteins la bougie et là, dans un ballet onirique digne d'un piètre Claude Lelouch, je revois l'une ronfler sur mon épaule pendant que l'autre, en larmes, me taille une pipe sous l'œil apeuré d'une troisième. Rien d'extatique : je suis violé par ma mémoire ! La vie se venge : elles sont chez elles ! Demain, elles me poursuivront sans doute jusque sur la plage (E. qui dit « fuck » au soleil sous son large chapeau de paille, C. qui se calcine à coups de monoï et Pom, seins nus dans l'eau glacée). J'aurais beau nager, nager vers le large, elles m'accompagneront. Au fond, je suis resté fidèle à toutes les femmes que j'ai trompées. Il est peut-être temps de la faire sauter, cette putain de baraque ! Une bombe, voilà ce qu'il me faut, une bombe qui ferait le ménage dans mon esprit embouteillé par les désillusions. Une bombe. Elle est en retard, mais je l'attends. Seul sur la plage. (Avec C. et N. et puis E. et G., mais parfois H. et surtout P.)

1er juin 2012

Le dépeceur de mon ennui

Lundi. D'après un sondage, les Français se tamponnent des élections législatives. Comment leur en vouloir ? ! C'est le digestif de trop après le banquet présidentiel ! Pauvres électeurs à la bidoche repue par des kilos de démagogie... Imaginez un peu le supplice calorique qu'ils s'infligent depuis des mois ! On les a resservis deux fois au buffet de la primaire, puis, après une courte sieste, on les a gavés de débats moins variés qu'avariés, ils ont trouvé le courage de chipoter dans les extrêmes pour, au final, noyer leur flan dans du mousseux à la Bastille... Et voilà qu'on leur demande de remettre le couvert ? Ah, non, merci ! La gerbe et l'addition ! Merde ! Si la plus belle femme du monde me demandait de lui faire l'amour quatre fois d'affilée, mon sexe décharné irait se recroqueviller dans les vestiaires de l'impuissance ! La raison citoyenne a beau nous dire : « Profitez-en, votez, y en aura plus demain », mes pauvres chouchous, ils ont les dents du fond qui baignent ! Pour ma part, exilé en Corse, c'est à coup d'antivomitifs que je parviens encore à me brancher sur France Info. D'autant que cette tragi-comédie en quinze actes est aussi chiante qu'une palme d'or : la droite, hagarde, surjoue l'indignation chaque fois que la gauche balbutie pas grand-chose. Il suffit que la petite Duflot évoque la dépénalisation du shit pour que l'UMP (qui ferait mieux de se concentrer sur sa propre délepénisation) confonde Matignon et le cartel de Medellín. Stop ! Arrêtez de nous enfumer avec votre colère 100 % chimique. Digérez Hollande et lâchez-nous la panse. Il est temps de prendre des vacances. Que Jean-François Copé, détenu depuis des mois sur le plateau d'Yves Calvi, repose enfin son amertume sur une plage de sable fin. Et, s'il ne parvient pas à se passer des médias, qu'il participe à « Koh Lanta ». Pourvu qu'il se taise, je serais ravi de le voir subir quelques tortures physiques sur une île à la végétation hostile. Faites-le donc saigner, que je découvre enfin son humanité ! Quant au nouveau gouvernement, donnons-lui des députés, qu'il se remue le derche ! Leur prudence actuelle confine à la stupeur. On les sent, nos ministrillons, prêts à jouir, le calbar aux chevilles, le préservatif soigneusement disposé sur le bout de la tige, fixant les tétons de la France pour ne pas perdre la gaule. Sauf qu'ils trépignent encore derrière le mur de ces putains de législatives ! Alors ça branle dans le vide, ça se regarde dans le miroir en minaudant des modesties.

« Je te rejoins en train ou en voiture ? Avec cravate ou sans cravate ? » s'interrogent-ils.

— Je m'en fous, viens comme tu veux, mais prends-moi, nom de Dieu ! Colle-moi ta retraite à 60 ans et ton plan d'austérité !

— Pas tout de suite... j'en parle aux autres... »

Mardi. Miracle !

Le dépeceur de Montréal vient de sauver l'actualité des griffes d'Hollande* ! Grâce à ce facétieux narcisse, la grève des scénaristes du JT prend fin dans un bain de sang et mon petit Pujadas reprend quelques couleurs. C'est d'ailleurs la première fois que David a envoyé des fleurs à un psychopathe. On peut le comprendre : alors qu'Hollande organise des concertations d'une plombe pour savoir s'il mangera de la salade ou des petits pois, notre ami Luka Rocco Magnotta, lorsqu'il a la dalle, n'hésite pas à avaler un étudiant chinois. Dans ce monde si soucieux des bonnes manières, cette joyeuse trivialité m'extirpe d'un doux sommeil. Ne retrouvons-nous pas un peu de l'audace sarkozyste chez ce jeune cannibale ? Et dire que je me suis toujours contenté d'effleurer mes partenaires ! Ce vidéaste iconoclaste croque la vie à pleines dents ! Certes, un esprit tatillon serait en droit de contester le choix de son alimentation, la viande asiatique n'étant pas réputée pour son raffinement, ce à quoi Jean-Pierre Coffe ne manquerait pas d'ajouter qu'elle est assez pauvre en vitamine A, certes ! Mais bon, en période de crise mondiale, on ne peut pas bouffer du Monégasque bio tous les quatre matins ! D'autant que, sur le plan économique, un Chinois de plus ou de moins... Bref, en tout cas mon Luka a su trouver le moyen de devenir une vedette. Que tous les indéfectibles anonymes qui sont en train de me lire en prennent quelque graine. C'est facile de critiquer, mais je suis presque sûr que la plupart d'entre eux seraient plus excités à l'idée de mater l'agonie de son entrecôte chinoise sur YouTube que celle d'Emmanuelle Riva dans le dernier film d'Haneke** ! Non ? Bon !

Mercredi. Une équipe de stagiaires de la police berlinoise a arrêté Luka. Connaissant la police professionnelle, je n'ose imaginer avec quelle indélicatesse ces puceaux de la gâchette se sont emparés du Mozart du Web. Désolé, Luka. Tes aventures se terminent là. Ils vont te faire rentrer dans le rang. Bientôt tu ne mangeras plus que de la viande animale, comme n'importe quel quidam. Finis, les mollets de barmen scandinaves, place aux cuisses de grenouilles. Et, comme la tyrannie du politiquement correct ne connaît pas de limites, tu vas devoir remplacer ton fameux « jus de chat » par un vulgaire Coca Zero. Quant à ce romantisme morbide qui te rend si singulier : sache que, sans pic à glace, le râle de tes amants ne sera plus jamais le dernier. Dès le lendemain matin, ils galvauderont ton souvenir dans le rectum d'un autre détenu ! Luka Magnotta en taule, Nicolas Sarkozy en vacances : décidément, les excentriques ont mangé leur pain blanc (et leur copain jaune). Car, qu'on se le dise, dans un monde inquiet, la « normalité » est de rigueur.

P.-S. : Redoutant désormais certains malentendus,

je tiens à préciser que – dans la vie de tous les jours – je n'ai aucune tendresse particulière pour les gens qui découpent d'autres gens. N.

8 juin 2012

---

* *Un jeune taré, acteur de films X québécois (ça doit être marrant à regarder), venait de se filmer mangeant un étudiant chinois.*

** Amour, *chef-d'œuvre sur le deuil, venait de gagner la Palme d'or. Emmanuelle Riva, comédienne magistrale mais un peu oubliée, y tient son plus beau rôle.*

Mon syndrome Trierweiler

Lundi. Pour les trois pequenots qui n'étaient pas au courant, Valérie Trierweiler vient d'officialiser tout le mal qu'elle pense de Ségolène Royal. C'est ce que les cuistres lacaniens appellent la « jalousie rétrospective ». Il y a quelques années, j'ai personnellement rencontré cette névrose, un dimanche, au carrefour d'une Elsa. Ce jour-là, j'ai 25 ans et je fais une entrée claudicante dans la vie de cette jolie femme qui, de son côté, vient de quitter celle d'un homme célèbre. D'autant plus célèbre que je ne le suis pas. Du tout : même mes meilleurs amis écorchent mon prénom. Pis, l'ancien compagnon de ma belle est riche, drôle, talentueux, et le temps passe sur son visage à la façon d'un footballeur méticuleux sur une prostituée bouddhiste : sans laisser la moindre trace ! De mon côté, encore jeune mais déjà à la bourre, je n'ai même pas un bide à revendiquer, des manuscrits plein la poubelle, du whisky plein les veines, des scénarios rejetés ; bref, je n'ai que le nom d'un autre et ma grande gueule pour la ramener. Du coup, je suis le premier à m'étonner que cette sublime tarée passe d'un palais princier à la studette de mon aigreur. Le premier, mais pas le seul.

« Alors, c'est lui le nouveau, elle a pas trouvé mieux ? bruit le Tout-Paris. Pourquoi ce baltringue, qu'est-ce qu'elle lui trouve ?

— Ben contrairement au précédent, il a beaucoup de temps libre », aurait répondu sa mère.

Là, un torchon people m'infligea le coup de disgrâce en comparant le parcours de l'ex au mien. Dès lors, ma confiance en moi se mit à la plongée sous-marine. Elle me consola, me rassura, me peinturlura l'ego d'éloges illégitimes. Mais elle a beau me répéter qu'elle ne pense qu'à moi : je ne pense qu'à lui. Que sa bite triomphante ait si souvent comblé un corps en face duquel la mienne bégaie encore, voilà une idée qui blanchit toutes mes nuits ! J'aimerais faire table rase, quitte à casser la vaisselle. Recoudre l'hymen de leurs moindres souvenirs : je l'oblige à changer de quartier – c'était le sien –, de lectures – c'était les siennes –, de goûts – c'étaient les bons. Dans son dos, je déchire les photos de ce bonheur injurieux. Je lui confisque la montre Cartier que ce vantard lui a offerte sans même prévoir qu'un jour viendrait où je n'aurais pas assez d'oseille pour lui payer la réparation du bracelet !

« En vacances, il t'emmenait où ? lui dis-je. À Marrakech ? Nous irons à Mulhouse ! Il te faisait rire ? Je te ferai chialer. »

Pour me démarquer. Parfois j'aimerais lui dire : « Entre nous, mon amour, c'est entre lui et moi. Afin que le couple que nous formons devienne plus notoire que celui que vous formiez, je serais prêt à te flinguer, puis à te becqueter sur Internet. Comprends-tu, mon ange ? »

Mais elle fait comme si de rien n'était, s'acharnant à être gentille. Du coup, moi, convaincu de ne pas lui arriver à la cheville, je la mets plus bas que terre. J'égalise les niveaux en lui faisant courber l'échine : mon seul talent, à ce moment-là, c'est de lui prouver qu'elle n'en a pas. Pourtant, je l'aime. C'est bien le problème. Je l'aime. Mais je ne suis pas le premier ! Dans le meilleur des cas, je serai toujours le dernier. Le lendemain pluvieux après leur soir de fête. Les mois qui suivent, son ex aura beau se recaser à la une de *Paris Match*, faire sauter tous les ponts du passé et perdre poliment quelques précieux cheveux... Dans cette partouze temporelle, il continue à me narguer !

Au paroxysme du complexe, trois choix se présentaient à moi.

1) Me mettre au boulot. Caresser la chance. La violer s'il le faut. Provoquer mon rival en duel sur le champ de la réussite. Bref, passer chez Ruquier.

2) La larguer. Pour le fuir. Les quitter tous les deux. Me dégoter une vierge. Ou une gourde, bref, une ex à tocards, un cœur de loseuse dans la cour duquel je pourrais facilement briller, roi borgne parmi les miros.

3) Prendre rendez-vous avec le Dr Pertusier, psychiatre bon marché, afin qu'il me prescrive 50 mg de Prozac quotidien.

Étant, en ce temps-là, d'une nature courageuse, j'optai pour les médocs. Ma hantise du passé disparut en un mois. Paradoxalement, l'obsession du rival me manquait. Cet improbable plan à trois enfanté par ma folie n'était-il pas plus savoureux que ce banal tête-à-tête de Turc ? Un jour, je me réveillai et lui dis : « Ma chérie, je vais mieux. Je m'excuse. Je me tire. »

C'est pourquoi, **mardi**, je suis en mesure d'implorer le président de la République de ne surtout pas soigner la jalousie rétrospective que Mlle Trierweiler entretient dangereusement (et très injustement) à l'endroit de Mlle Royal : ce délire persécutoire est la clé de voûte de leurs coïts élyséens. C'est le grain de sel marin sur les parties intimes de l'« atout cœur » de France. Elle murmure : « Je la hais », mais aussitôt elle soupire : « Viens... »

N'y touche pas, mon Hollande, subis ses tweets, sa mégalo risible, son piétinement de normalité, ses listes noires anti-Poitou et ses montrages du doigt des fidèles de jadis. Avale tout, mon ami : par un miraculeux ricochet synaptique, c'est Ségolène qui te rend canon ! La jalousie te george-cloonise. Alors, ne touche à rien. Car, si des fois ta jolie psychotique recouvrait la raison, il se pourrait bien qu'elle réalise soudain à quel point il fait froid dans votre grande maison. Laisse-la se débattre dans le vide, d'autant que ça relance toute la presse hexagonale : elle remplit nos encriers ! D'ailleurs, au nom de la société des satiristes français, je remercie solennellement ta meuf de s'être sacrifiée pour notre inspiration. Ce n'est certainement pas avec le caviar de ta « présidence normale » qu'on allait nourrir nos cochons de lecteurs.

Mercredi. Chère Valérie, sais-tu que les quatre enfants que François et Ségolène ont tricotés ensemble sont autant de preuves d'un orgasme passé ? Or un avortement groupé me paraissant tardif, ton désir a de l'avenir. Savoure-le*.

15 juin 2012

---

* *Le fameux tweet ne m'a pas surpris. Il y a deux ans, alors qu'Hollande n'était encore qu'un embryon dans les couilles de la présidentielle, j'avais commis une chronique face à lui chez Giesbert. Il m'était déjà sympathique et nous riâmes, une fois de plus, de bon cœur. Jusqu'à ce qu'à la fin de ma diatribe inoffensive, une allusion au ménage qu'il forma avec Ségolène Royal, fit d'un coup passer ses joues du pourpre au vert pâle. En coulisses, Giesbert, qui le connaissait bien, me dit :*
« T'as balancé la phrase de trop, elle va me pourrir...
— Qui ça ?
— L'autre. »
Ce qui ne loupa pas : le portable de Franz vibra deux verres de rouge plus tard. Valérie Trierweiler lui reprochait les trois références faites pendant l'émission au fait – incontournable ! – que son jules n'était pas resté puceau jusqu'à leur rencontre ! L'amour a ses raisons, certes, mais l'orgueil a ses torts.

Cours de beauf

Lundi. Cellule de crise à l'Élysée. Mon Hollande me prend à part :

« Nicolas, me dit-il, j'ai besoin de votre aide.

— Mais bien sûr, monsieur le Président, vous savez très bien qu'en échange de la direction d'un grand théâtre public je suis prêt à vous sucer bénévolement. De quoi s'agit-il ?

— Des femmes. De moi et des femmes.

— Allongez-vous », dis-je.

Je m'emparai d'une bouteille de lait et d'un croquis pornographique lorsqu'il m'interrompit :

« Non, de ce côté-là, ça va, ma légendaire mollesse dissimule une vigueur à complexer Berlusconi, mais, en dehors du terrain de jeux, je manque parfois d'autorité : j'ai été élevé par la plus grande gueule de Rouen, une catho de gauche qui m'apprit à dire "pardon" avant que j'ose murmurer "maman", puis j'ai vécu pendant vingt ans avec Mitterrand en jupe, avant de rencontrer la Mao Tsé-toung du journalisme politique, bref, je m'abîme dans le "respect de l'autre" comme certains dans l'insulte, voilà pourquoi je m'en remets à votre...

— "Machisme" ?

— Oui, vous passez pour un porc. Vos ex-petites amies ont toutes en commun d'avoir très bien porté le coquard... et vos chroniques dans *Marianne* ruissellent d'un tel sexisme qu'elles donneraient à Zahia l'envie de se pacser avec Isabelle Alonso.

— Je ne frappe pas les femmes, monsieur le Président, en tout cas jamais à jeun, excepté lorsque leurs dérapages semblent inconsciemment réclamer un aiguillage viril.

— Voilà ce qu'il me faut.

— Je vous le confirme, dis-je en apercevant Valérie égorger une poule à main nue dans le jardin de l'Élysée. Souhaitez-vous que je vous explique comment passer à tabac une première dame de France ?

— Non. Pas de sang. Elle serait foutue de se défendre et, vu ce que les Français vont me mettre dans la gueule après l'annonce de mes mesures fiscales, j'ai besoin de toutes mes dents.

— Très bien. Venez dîner à la maison demain soir, monsieur le Président. Mais sans Valérie !

— Sans Valérie ??!! C'est impossible, Nicolas : elle me colle tant au train que j'ai parfois l'impression de bénéficier d'une troisième couille.

— Justement ! Ce sera notre premier exercice. Répétez après moi : "Chérie, ce soir tu restes là." »

Il se concentra et balbutia : « Chérie, ne le prends pas mal, mais le protocole m'oblige à... Chérie, lâche ce couteau... ! »

— Non, le coupai-je, répétez après moi : “Connasse, tu descends de tes talons de douze centimètres, tu commandes trois sushis et tu me lâches la grappe jusqu’à demain !” »

Mardi soir. Comme prévu, le président sonna chez moi. Avec une bouteille de piquette (antisarkozysme oblige). Et Valérie ! Dans mon salon, j’avais pourtant réuni une cellule d’admirables bourrins susceptibles d’éduquer notre illustre castré : il y avait là un ancien membre du groupe Noir Désir, le député Éric Raoult (qui tenait au bout d’une laisse son épouse, sa maîtresse, sa fille aînée et deux bâtardes), Johnny Depp (fraîchement libéré de son paradis), Philippe Lucas, assis sur sept nageuses slovènes..., et Thierry Ardisson. L’odeur sécrétée par ces bites arrogantes était si pestilentielle que la première dame, prise d’une violente nausée, tutoya la cuvette de mes chiottes jusqu’à 22 h 30, nous laissant deux heures avec le président. Chacun fit part de son point de vue :

« Tu lui fais avaler son portable, dit l’un. Pas de queue, pas de titre, pas de tweet. La mienne ne s’exprime qu’en Post-it, ceux qu’elle colle dans la cuisine sur les petits plats que je découvre en rentrant du boulot. Les seuls mots qu’elle orthographie à peu près correctement sont “blanquette de veau”, “tiramisu”, “lasagne” (je lui laisse le choix du pluriel ou du singulier) et “je t’aime”.

— Moi, dit un autre en caressant la cuisse de ma cuisinière déguisée – comme chaque mardi – en Nafissatou, je l’exilerais à La Lanterne : comme ça, toute la semaine t’es tranquille, tu diriges TA France, tu goûtes TES Françaises, l'action non entravée par les commentaires oisifs d'une désœuvrée… et puis, ma foi, le week-end, tu lui apportes quelques oranges et d'inoffensives nouvelles du monde extérieur, tu félicites l'évolution de son potager, tu lui coupes un peu les cheveux, tu la violes (même quand elle veut), bref, tu te détends. Une femme, c'est un week-end. »

Dans la pénombre de son mutisme, l'ex-chanteur de Noir Désir se contenta de désigner un radiateur. Malaise. Après quelques blagues primitives et autant de bouteilles de rouge, notre équipe de mufles se mit à chialer, sans raison, à larmes grasses. La bedaine repue, nos regards injuriaient le vide. Philippe Lucas cracha au sol pendant que ses boudins le priaient comme le Bouddha, Johnny Depp se mit à fredonner « Joe le taxi » en sanglotant de plus belle et Ardisson – hagard – plongea son sexe dans une vodka glacée, afin de mettre à l'épreuve son érectilité.

C'est à ce moment précis que Valérie, s'essuyant les lèvres, réapparut enfin. Mon Hollande se jeta dans ses bras.

« Emmène-moi loin d'ici, mon ange, dit-il, ce sont des monstres.

— Bien sûr, mon amour. Partons. J'ai bien réfléchi : je me suis conduite comme une idiote. Je ne tweeterai plus que la météo : “11 à Lille, 22 à Ajaccio”. Dans *Paris Match*, je n'écrirai que des papiers chiants sur des romans de gare. Ce tweet, c'était le premier rot du bébé qui dit : “Je suis en vie.” À présent, je suis prête à me bernadettiser, quitte à me fourrer un caniche caramel sur la tête. Je marcherai derrière toi, comme un simple garde du cœur. Demain, j'appellerai Ségolène et vos enfants : je les inviterai à l'Élysée, je ferai des crêpes pour tout le monde. Avec du sirop d'érable pour eux, et de l'aspartame pour toi. Je t'aime.

— Moi aussi.

— Moi davantage. »

On commençait à s'emmerder. Mais alors qu'elle chouinait ses remords, François l'emmena spontanément vers ma chambre à coucher mes regrets. Ils s'y aimèrent pendant cinq heures, cinq longues heures durant lesquelles je dus contenir les ardeurs partouzardes de ma bande.

Le lendemain, **mercredi**, Valérie tweeta : « 22 à Lille. 23 à Paris. 27 à Calvi. Il fait beau presque partout. Sauf dans le Poitou. Quelle région de conne ! »

22 juin 2012

L'équipe qu'on mérite

Lundi. Face aux derniers tapages de l'équipe de France, les curés du ballon rond ont avalé de travers leur hostie bleu-blanc-rouge. Scandalisée devant sa télé, même la chrétienne de gauche a des pulsions génocidaires qui la rapprocheraient presque du facho pur bœuf. Comme il lui manque soudain, son petit Lilian Thuram, qui, en alignant trois mots de vocabulaire de plus que Zinédine Zidane, passait pour un disciple d'Emmanuel Kant. Elle les déteste, ces nouveaux Bleus aux poches aussi pleines que leurs regards sont vides. C'est que la vieille institutrice regrette l'époque du cinéma muet où seuls les beaux gestes comptaient, amen, où des boy-scouts en Adidas, après qu'ils eurent fayoté l'hymne lacrymal du pays qui les taxait, semblaient dessiner chaque but dans les cendres d'un grand-père tombé jadis pour la nation. Sauf que c'est fini, mamie ! Le titulaire des temps modernes se sent aussi français que je me sens copéiste : il rêve en dollars, textote en franglais, paye ses impôts en Suisse, négocie en espagnol, baise en croate et pense en trisomique. Quant à sa terre d'asile, c'est un jet privé – construit au large de Taiwan – à bord duquel il survole l'étendue de son ignorance. C'est te dire s'il se sent concerné par les couplets révolutionnaires de Rouget de Lisle ! *La Marseillaise,* dans le meilleur des cas, il veut bien la niquer... Mais de là à la chanter !

À sa décharge, rappelons qu'il fut lobotomisé par un centre de déformation avant même de savoir compter les trois poils qui poussaient timidement sur la peau de ses couilles en or ; on troqua ses leçons d'histoire contre des séries de pompes, l'obligeant à décrypter « Stade 2 » plutôt que *La Princesse de Clèves.* Alors ne t'étonne pas qu'aujourd'hui, en rentrant sur le terrain tricolore, il possède moins de neurones et plus de testostérone que de Testarossa ! Comme le dit ce proverbe tibétain récemment adapté par Nadine Morano : « C'est pas en pissant sur une graine qu'on fera pousser une rose ! » Et puis lâchons un peu ces hauts revenus si bas de plafond : l'équipe de France n'est que le miroir de la jeunesse bâclée par nos élites : elle reflète fidèlement l'acné purulente qui gâte le front luisant de sa niaiserie vindicative.

Mardi. Soyons de gauche et sincères : avec ou sans terrain de football, ces banlieues chaudes qui nous refroidissent n'ont jamais servi de tremplin au prix Nobel de politesse. Merde !

« Il y a des exceptions », me rétorque aussitôt la guimauve socialiste logeant son angélisme dans un 200 m^2 place des Vosges. Ce à quoi je réponds :

« Oui, Jack, tu as raison... Il y a des exceptions. Mais c'est exceptionnel !

— La faute à l'immigration ?

— Non, Jack, la faute aux ministres de l'Éducation.

— Mais toi, Nicolas, tu as une solution ?

— Non, je suis chroniqueur. Dramaturge. Et comédien. C'est-à-dire triplement inutile à la société ! C'est en cela qu'on se ressemble. On me paie très cher pour n'apporter aucune réponse aux questions que je te pose. Je peux toujours me flatter en espérant qu'à la lecture de ce papier, un Bleu – vert de rage – décidera d'entamer une fulgurante autocritique. »

Malheureusement, soyons lucides : il y a autant de chances de voir Samir Nasri feuilleter *Marianne* que de surprendre Jean d'Ormesson en train de dealer du crack en minijupe Porte de la Chapelle.

De toute façon, pourquoi changer une équipe qui me va très bien ! En amateur de combats de chiens, j'ai kiffé l'Euro ! Si tu savais comme je m'en cogne, moi, des « passes décisives » et autres « dribbles de génie ». Pour qu'un film m'empêche de zapper sur un livre, il me faut des dialogues crus, des embrouilles au sommet, un butin et du sang. C'est te dire combien j'aime cette nouvelle discipline qui consiste à flinguer les journalistes, à étrangler l'arbitre et à doubler les autres joueurs afin d'accaparer la valise de biffetons ! L'avantage de cette formule, c'est qu'en cas de match nul on peut toujours s'amuser à compter les insultes, les coups de tronche, les cartons rouges, on peut baver sur les salaires, spéculer sur les blâmes, bref : c'est du Tarantino en short ! D'ailleurs, les stades se bourrent, l'Audimat ne débande plus : le public en redemande.

Mercredi. Un sondage nous apprend même qu'une majorité de Français seraient opposés à la suppression de leur prime. Nom d'un cul ! À l'instant précis où le vibrionnant Jean-Marc Ayrault, contraint de te contraindre, s'apprête à te chourer le peu qu'il te restait, toi, tu chéris l'idée qu'une bande de tocards vaniteux puissent continuer à s'engraisser ! Mon cher compatriote, si de Gaulle t'a « compris »... moi, pas du tout ! De moins en moins ! Tu représentes un mystère que je n'ai même pas envie d'élucider. Car cette année, faisons le bilan : je ne comprends ni ce qui te choque encore, ni ce qui ne te choque plus. Qu'un ex-candidat à la présidentielle ait pu frayer avec des putes sans que sa femme se tire, voilà qui te file la haine ; tu le termines à coups de talon ; tu le fumes avec le filtre. Mais tu restes fidèle au spectacle minable de onze nazes qui se cramponnent à leurs crampons. Décidément, étrange voisin de pays, la médiocrité qu'on observe sur le terrain est aussi devant son poste. Zappe ! Zappe ! Par pitié, mon ami, cesse de marquer des buts contre ta propre vie.

29 juin 2012

Les ruptures de l'été

Mardi. Quelques questions. Que je me pose, à moi-même, dans la nuit.

1) Peut-on être de gauche et trouver Jean-Marc Ayrault aussi charismatique qu'une moule ? Le nouveau Premier ministre, compétent s'il en est, ayant ânonné son discours de politique générale de façon plus laborieuse qu'un jeune myopathe appelant aux dons le soir du Téléthon. Peut-on être de gauche et préciser que certaines moules, lorsqu'elles daignent se farcir ou se coiffer d'ail, deviennent soudain plus attractives ? Après sa longue introduction d'une banalité patriotique qui collerait tout aussi bien dans la bouche de Copé, Francis Lalanne ou Marc Levy..., je me suis carrément endormi. Et jusque dans mon sommeil même, il paraît que j'ai ronflé en signe de consternation. On peut toujours se rassurer en se disant que, si la gauche est un film, on a voté pour le scénario et non pour les acteurs, mais tout de même : l'action de Jean-Marc serait-elle entravée s'il consentait

à engager François Cluzet pour son regard, Céline Dion pour sa voix, Patrick Besson pour ses formules, un ostéo pour sa posture et un dealer pour son tonus ? Bref, peut-on être de gauche et se servir d'un Premier ministre comme prélude à la sieste ?

2) Peut-on être de gauche et regretter qu'Hollande ait choisi Yannick Noah comme chauffeur de salle, avant de faire ses meetings contre l'évasion fiscale ? C'est comme si DSK déclamait du Sade avant un prêche de Benoît XVI...

3) Peut-on être de gauche et se demander quelle mouche tsé-tsé a piqué chaque neurone de la pétillante Najat Belkacem pour qu'elle décide soudain d'abolir les putes ? Si on va par là, moi, je propose l'abolition de la pluie – pour des raisons que mes cheveux me rappellent en boucle. Bref, peut-on être de gauche et rêver d'abolir tous ces politicards qui, de gauche comme de droite, sapent le moral des uns en leur imposant la morale des autres ?

De même qu'on peut vénérer Dieu et casser du curé, peut-on se dire de gauche tout en flinguant avec plaisir nos soutanes ministérielles ? Réponse : j'espère, car sinon je suis de droite, et ça pourrait gâcher mes vacances en famille.

Mercredi. Le Père Noël des ragots, délaissant lâchement le pôle Nord pour une plage de sable chaud, balance deux gros cadeaux à la une de *Paris Match* : Tom Cruise divorce d'une brune (aussi intéressante que désintéressée) et Johnny Depp quitte Vanessa (une blonde à qui je dois ma toute première masturbation).

Aussitôt les investigateurs de poubelles extrapolent, tripatouillent et déplorent que, même riches et célèbres, ces gens « osent » se quitter. Même *Le Parisien* semble s'indigner : « Comment ne pas chérir un corps à vie quand on le plonge chaque jour dans une piscine d'eau douce ? » Ici ou là, j'entends parler d'« échec », de « rêve brisé ». Mais quel échec, nom d'un sucre d'orge ? Pour un type qui, comme moi, peine à prolonger son désir au-delà du premier petit déj, sept ans de mariage, c'est l'ascension de l'Everest par deux handicapés. Sept ans, tronche à tronche, avec la même personne, à noter les mêmes tics, motiver la même bite, fatiguer la même poitrine, partager les mêmes enfants (ceux qui ressemblent au même conjoint que celui de la nuit dernière qui semblait déjà moins jeune que celui de la nuit d'avant), voilà qui requiert une abnégation souveraine ! Surtout pour des gens riches et célèbres qui, justement, ont les moyens de déménager, changer de goût, se recaser, offrir un psy aux gnards et acheter à prix d'or le silence indulgent de toutes les ex-belles-mères du monde ! D'ailleurs, regardez autour de vous : tous ces vieux couples qui fêtent leurs noces de diamant et que tout le monde encourage à se diriger, dentier contre dentier, vers une seule et même tombe ; bref, ces inséparables, ces Tic et Tac du club de bridge, avant d'être amoureux, sont souvent nécessiteux ! Plutôt que d'exhiber leur clinquante fidélité, qu'ils crachent donc la vérité : le divorce était trop cher, l'entreprise, trop lucrative, ou la ville, trop dépeuplée, pour fournir une attractive alternative à leur voisine de lit défait. Les mariages de fauchés, s'ils sont plus longs, sont surtout plus lents. Tandis qu'avec du blé, il est moins aisé de durer. C'est pourquoi Johnny Depp est un marathonien ! Au lieu de citer les quelques filles pour lesquelles ce beau pirate aurait quitté *Joe le taxi, Paris Match* ferait mieux de citer toutes celles que, sept ans d'affilée, il a refusé de lever pour lui rester fidèle ! D'ailleurs, elle-même lui en sait gré. Sachant pertinemment que, dans le lit d'une star, chaque nuit compte triple : sept ans à barboter dans un palace de Johnny, c'est l'équivalent de vingt ans à se barber dans le deux pièces d'Yves Camouille (pour les lecteurs qui ne connaissent pas Yves Camouille, et Dieu sait qu'ils sont nombreux, sachez que vous ne ratez rien). Là-dessus, j'entends déjà râler mon public romantique, ces mélenchonistes du roucoulement qui, dès demain, me prouveront l'existence des ADI (amour à durée indéterminée), le cauchemar des avocats : ceux qui, sincèrement, ont adoré se décevoir de l'aube à la tombée de la nuit, du collège à l'Alzheimer, des couches-culottes aux couches Confiance, de De Gaulle à Sarkozy, de Drucker à Drucker ; bref, je sais qu'ils existent. Je le sais, mais je le nie. Car, sortant d'une rupture, je nie tout ce que j'envie.

Jeudi. Dîner avec mon amie Anne Sinclair. Voilà trente ans, cette jeune journaliste aux yeux bleus et ma mère aux yeux verts ont accouché ensemble. Étrange image ? Disons qu'elles se sont libérées la silhouette de leurs fils respectifs, à deux jours d'intervalle, dans le même couloir d'une clinique cinq étoiles. Anne m'a donc connu du temps où j'exhibais fièrement un long cordon ombilical, assez long pour que, sept vies plus tard, ma mère s'y emmêle encore les pattes. Bref, du plus loin que je m'en souvienne, Anne est tout près. Avec ou sans lui. Pour mes parents, DSK, quoique fort séduisant, est resté le monsieur pour qui Anne quitta Ivan Levaï. Ce soir, sur le chemin du resto, je la croise en couverture de deux magazines « sérieux », cinq torchons merdeux, trois best-sellers diffamatoires, une biographie autorisée, j'entends son nom revenir dans six conversations. C'est la star malgré elle d'un « Secret Story » qui s'éternise bien après que les clébards ont rongé ses secrets. Je m'attends donc à retrouver une femme forcément aigrie, forcément fâchée avec ce monde de traîtres. Mais c'est un regard tendre, rieur, attentif, délicat et franchement bouleversant qui n'a cessé de m'épater jusque tard dans la nuit. Dans ce concert de vipères, je ne suis pas peu fier d'avoir donné ma langue aux chiens.

6 juillet 2012

La reine et moi

Mardi. Avant de me rendre à une réunion du PS, je fais un petit détour par les îles Maldives. La gauche est passée, on peut bien se reposer ! Pourtant, tout en chassant les fâcheux grains de sable qui s'invitent toujours dans les plis de ma serviette de plage, je ne peux m'empêcher de me demander comment s'est passée la réu entre Ayrault et les syndics. Alors je siffle la serveuse pour qu'elle m'amène la presse, mais cette esclave maldivienne ne pipe pas un mot de French. Connasse. Je parie mes Ray-Ban qu'abrutie par le soleil elle se fiche éperdument qu'à l'heure où je l'engueule nos partenaires sociaux se battent pour l'amélioration de la vie au turbin. D'ailleurs, j'ignore tout de la mentalité locale, mais ça m'étonnerait pas que ces sauvages endimanchés ne s'intéressent qu'à leur nombril. Par bonheur, en grimpant sur le bateau, je déniche *Le Figaro* et me plonge aussitôt dans le récit des débats. Ouf ! Chacun a poussé ses pions et Jean-Marc a fait preuve de souplesse. Ça avance, je respire.

Résultat des courses : j'ai chopé un coup de soleil. Ça m'apprendra à lire sur le pont plutôt qu'en cabine.

Mercredi. On regrette vraiment d'être célibataire lorsqu'on peine à s'étaler de la crème solaire dans le dos. Voilà des mois que la seule personne avec qui je partage mes bonheurs s'occupe de mes finances au Crédit agricole. Cela dit, mon cœur aussi brisé que bronzé n'arrange pas les affaires de mon corps. L'amour me fait l'effet d'un très grand film dont je connais par cœur la fin. Du coup, coincé entre la nostalgie de mon ex (qui, au classement de mon plaisir quotidien, culminait à 15 sur 20) et l'espoir infime de rencontrer une 16 sur 20, je me surprends à détester le moindre couple ostentatoirement content de gaspiller une capote tous les soirs. D'autant que l'été semble accoucher d'un amour par mètre carré. Et ça se pavane, main dans la main, ça se persuade à coups de rosé de ne pas se larguer avant le 15 août, ça se monoïe, ça se robe légère, ça se rengorge profonde, soudé par le projet minable d'un mojito commun dans une boîte en plein air pollué.

Jeudi. Cerise sur le gâteau de ma rancœur de pierre, je croise mon pote Gad Elmaleh au bras de la princesse Charlotte Casiraghi. Gad, non content de bourrer les Zéniths, grâce à son sens inné de la scène et du consensus (ce qui lui permet de tremper son pain azyme aux olives sarkozystes dans un couscous pakistanais à la sauce hollandaise), non content de squatter le box-office du cinéma familial et de balader sa beauté ascendante de Roubaix à Marrakech en passant par New York, peaufinant son humour chez Berlitz, le voici escaladant chaque nuit le plus joli rocher de sa carrière ! Charlotte est belle comme sa grand-mère, rieuse comme sa mère et riche comme son oncle. Voilà ce qu'il me faut, à moi aussi : une héritière en général, et en particulier une fille à particule. Un amour toutes options, avec château, serviteurs nains, chômage en smoking, protocole cassé, bal masqué olé olé. Et ce dialogue murmuré à son oreille sur le large balcon qui surplomberait notre Parc Astérix privatif :

« Mon Altesse adorée, auriez-vous l'obligeance d'ôter votre couronne et ce tampon applicateur qui risque de freiner mes ardeurs roturières ? »

C'est pourquoi, jeudi, je décide d'accompagner Hollande lors de sa rencontre ultramédiatisée avec Elisabeth II. Certes, la reine des Rosbifs est à Charlotte de Monac ce que le Minitel est à l'iPhone 5, mais, vu la raréfaction des monarchies européennes, j'ai la galoche très indulgente. À nous deux, la vieille ! D'autant que Babeth, c'est pas ce qu'on croit : bien que raide en public, on la dit « mutine » en chambre. Ses tenues criardes, devant lesquelles on se surprend à envier le sort de Gilbert Montagné, ne sont-elles pas la preuve que cette femme carbure à l'autodérision ? Comment me résisterait-elle, à moi qui suis la synthèse d'Oscar Wilde et de Benny Hill ?

Me voilà à Londres. Après avoir échangé trois conneries sur l'avenir de la planète, Hollande me présente :

« It's a famous french bastard. »

Aussitôt, je m'agenouille, lui concédant – en gage

de modestie – une vue plongeante sur ma calvitie. D'abord un peu surprise par une telle déférence, elle me tend sa main gantée, que je m'empresse de lécher, goulûment, férocement, comme s'il s'était agi du clitoris de Dieu. Elle retire sa main trempée, je m'empare de son mollet, telle une Spontex énamourée, fier de lustrer les bas d'une femme qui a connu Churchill, de Gaulle et les Spice Girls. Hollande, prônant encore et toujours la sobriété, tente de nous séparer. « Lâche la reine, me dit-il. Elle va tomber ! »

Je m'y refuse, repensant à Windsor et Buckingham Palace, tous ces orgasmes immobiliers que cette clinquante subclaquante ne tarderait pas à me léguer. Comme nous serions complices, Gad Elmaleh et moi, comptant nos couv de *Voici* au bord d'une piscine de sang bleu, lui faisant rire sa rutilante pépée et moi faisant manger ma virulente mémé !

Quelques minutes plus tard, j'étais sur le point de conclure : Hollande et moi trinquions nos *cups of tea* en compagnie de la reine et d'une demi-douzaine d'autres perruques bleutées, lorsque le général Trierweiler vint mettre un terme à nos préliminaires royaux.

« T'étais où ? hurla Valérie, en tirant François par la peau du cou. Encore à minauder dans un poulailler ? Lève-toi, on se tire. »

Mon François, enfin résolu à ne pas se laisser faire, lui résista pendant au moins quarante-cinq secondes. Et je quittai à regret mon éphémère pactole.

Jeudi soir. De retour à Paris sous un ciel gris Fillon, je relis cette chronique particulièrement frivole et je me dis qu'un type qui s'invente un voilier aux Maldives, des palais princiers et une maîtresse octogénaire aurait bien besoin de prendre quelques vacances. Pas vous ?

13 juillet 2012

Ma vie d'actrice

Lundi. Me voilà comédien. Ça commence demain, dès l'aube, à l'heure où rougit ta compagne (le box-office appartient aux feignants qui se lèvent trop tôt). Premier rôle principal dans un film de cinéma ! C'est-à-dire qu'on m'y verra très souvent au début, vachement au milieu et beaucoup trop à la fin. Autant dire que le générique final a été rallongé pour permettre à tous ceux qui ne m'aiment pas de me vomir dans leur pop-corn. Car c'est moi – et moi seul – que la belle héroïne croise, toise, envisage, dévisage, discute, dispute, puis implore et dévore. Évidemment, c'est encore moi – et encore moi tout seul – qui finirai par lui pilonner le cœur en la faisant beugler de plaisir grâce à mes superpouvoirs de rôle principal dans un film que j'ai écrit. Sans m'en rendre compte, je me suis troussé des répliques spirituelles que personne n'improvise dans la vraie vie nulle, je me suis tricoté un passé assez tragique pour que la plus revancharde spectatrice de province prolétaire ravale fissa ses préjugés relatifs à mes origines bourgeoises et je me suis flanqué d'un meilleur pote trop drôle et si gentil qu'au fond seul un mec fatalement généreux peut avoir de tels amis, non ? Dans ma boîte à « aimez-moi », j'ai prévu une scène qui fera glousser ta fille, une autre où ta belle-sœur envisagera de larguer ton frère sans même demander une pension alimentaire et j'ai poussé Narcisse jusqu'à bricoler une fin qui permettra à ta grand-mère de mieux comprendre sa petite-fille. Bref, j'ai tellement peur de jouer comme un pied grec que je me suis taillé une godasse à semelle ultracompensée !

Mardi. Premier jour. Ce matin, comme toute actrice cherchant sa « vérité intime », j'ai détoxé mon thé, bronzé ma peau, blanchi mes dents, noirci mes cils, lissé mes cheveux, massé mon dos et vidé soigneusement le contenu de mon cerveau. Ayé, suis prête ! Viens caresser ma voix, longue perche menaçante... Viens scruter mes points noirs, vigoureuse caméra numérique. D'autant que voilà plusieurs mois que je prépare ma carrure de star ciné en suivant un stage de consensus à la Patrick Bruel's School Of Neuilly-sur-Scène. Le régime est draconien : afin de permettre au cinéphile mélenchono-lepéniste de s'identifier à moi dans un rôle de médecin bordelais, il m'a fallu renoncer à la provoc télé, aux articles grossiers, aux pizzas double cheese, aux amours tarifées et à la spontanéité. Dans moins d'un an, vous me verrez, chez Denisot, vanter le talent de mes partenaires en ajoutant : « Honnêtement, je suis sincère », avant d'éviter le piège des questions intéressantes par un modestement humble : « C'est pas aux artistes de donner leur avis sur tout et rien, surtout sur tout. » Et quand Denisot me rappellera cette embarrassante chronique (celle que tu es en train de lire), en réveillant un contentieux avec Patrick Bruel, je répondrai, l'œil embiché : « Pas du tout, Michel, Patoche est un ami, on a d'ailleurs deux projets de films conseillés aux moins de dix-huit neurones. » D'ailleurs, afin d'anticiper, je tiens à préciser dès tout de suite que Bruel a l'air vraiment sympa, et je serais franchement ravi d'avoir deux films avec, surtout si nos cachets sont proportionnellement copains.

Mercredi. Impossible de te dire comment s'est réellement passée cette première journée de tournage :

1) parce que tu t'en tapes ;

2) je te comprends ;

3) pour la simple et assez bonne raison que j'ai dû rendre cette chronique la veille. Juste après avoir dîné avec mon Dujardin. Jean m'a encouragé, débordant de cette compassion qu'ont les pur-sang arabes défiscalisés pour les poneys bretons surtaxés. Au dessert, alors que j'exprimais mon trac en lacérant compulsivement une cuisse de poulet déjà mort, il m'a dit, citant cette belle formule brechtienne : « Mon Nico, demain, tiens-toi droit et rentre le bide. » J'ai aussitôt fondu en larmes, ce conseil éclairé me rappelant le si tendre « Te laisse pas abattre », murmuré par

Hitler à l'oreille de Mussolini la veille de son premier charnier.

Jeudi. Plus sérieusement, j'ai beau me moquer des comédiens depuis quarante-deux lignes, quand je vois Jean bosser ses rôles, peser chaque hypothèse d'humanité qu'une réplique peut contenir, quand je l'entends me prouver – l'œil brillant – la différence de vérité entre une colère « gracieuse mais fausse » et une colère « sale mais superbe », je me sais bien chanceux qu'une bande d'audacieux mercantiles du cinoche permette au pêcheur du dimanche que je suis de venir chasser la baleine blanche. En l'occurrence, dans le film, la baleine blanche sera campée par Ludivine Sagnier, féline comédienne et adorable partenaire pour ce baptême de mer. De quoi garder le sourire à travers les tempêtes de mon jeu tâtonnant. Et puis, quoi, si je me plante, peu importe, je ne suis pas comédien : j'écris des chroniques dans *Marianne* !

Samedi. La semaine dernière, mes 317 jours de célibat ont failli trouver la mort dans les bras d'une brune électrique. Une rencontre assez forte pour que je cesse de mâchouiller le souvenir de Pom. Enfin une digne successeuse : de l'esprit dans sa beauté, de la beauté dans sa folie. Seulement, si nos corps se comprennent, nos rêves de vie s'engueulent déjà. Hier, elle a traumatisé la déco de mon salon, a continué à me parler pendant que je peinais à composer ces lignes, a jeté mes cartouches de tabac, a évoqué l'achat d'un chat, puis d'un chien d'une marque que j'aime pas, avant de me réveiller à l'aube pour un vulgaire caprice d'amour. Bref, elle diverge et divague. Du coup, même absente, mon ex tient toujours ma corde. Avec elle, les autres me manquaient. Mais elle me manque chez toutes les autres.

20 juillet 2012

Pays de radins !

Lundi. Les producteurs du film que je tourne, terrorisés par la fausse réputation de fêtard que je me colle à chaque chronique, m'ont imposé un garde du foie. Chaque soir, après la dernière prise, un sculptural Sénégalais de 1,92 mètre – plus bavard en Bruce Lee qu'en Shakespeare – me ramène violemment dans ma piaule, vérifie sous mon lit qu'aucune fiole ni cagole ne m'éloigne de mon rôle et m'administre un suppo-somnifère assez puissant pour me faire ronfler jusqu'au prochain clap. Gênante impression d'être le DSK du cinéma français. Privé de tout, cloîtré dans l'enfer de mon introspection, je m'adonne quelques minutes à la drogue du pauvre et du père de famille : la télévision. Voilà des années que je n'en consommais qu'à doses radines, par extraits sur Internet, je m'en méfiais tellement qu'il m'est arrivé de zapper le « Zapping ». Mais, lundi, deux heures durant, ma vieille Philips a repris du sévice. Conclusion : on n'y parle que de sport et de pognon, quand ce n'est pas du pognon dans le sport et du sport de haut niveau qui consiste à en dépenser le moins possible. En regardant le JT, je m'attendais à quelques sujets chiants sur les départs en vacances, les coins de paradis... ou la Bretagne. Non : l'ensemble de la rédaction, à l'image des Français, planche sur l'économie de son plaisir, de son essence, de sa pizza et de ses goinfres d'enfants dont l'estomac et la curiosité devraient relire le *Financial Times.* Partout, on se serre la ceinture à s'en péter une côte d'Azur. La crise est encore plus criarde en maillot de bain. Du coup, on invente des plages sans sable, des discothèques sans alcool, des femmes sans rouge à lèvres, des omelettes sans œufs : même les coups d'un soir d'été se doivent de durer toute la semaine ! La télé, toutes chaînes et horaires confondus, ne diffuse plus qu'une seule émission : « Capital » sur M6. Qu'il s'agisse de filmer un reportage sur *L'Âge de glace 4*, les seins de Sophie Marceau, le cancer des ovaires, ta sœur, les crèmes solaires ou le sommet européen, la caméra reste braquée sur ton foutu porte-monnaie en skaï (imitation d'H&M imitant Vuitton). Un pays d'épiciers. Dans la rue, les gens m'arrêtent : « Combien tu gagnes ? » Ils évoquent mon prochain film : « Un gros budget ? » Mon dernier scénario : « T'as trouvé la bonne recette. » Mon dernier bouquin : « Ça s'est bien vendu, ton truc ? » Mon ex-petite amie : « Elle était trop chère, la garce ? » J'ai envie de leur répondre : mais qu'est-ce que ça peut te foutre, triple rat ? T'as un pourcentage sur les bénéfices du « rêve » que d'authentiques artistes te fabriquent dans la douleur ? Non ! Alors mets-toi ton box-office où je pense, aime ou déteste le « truc », mais cesse de compter le salaire du voisin !

Mardi. Pas facile de draguer dans un Paris sans Parisiennes, surtout quand on parle pas le japonais. Ma petite notoriété ne m'est plus d'aucune utilité dans une capitale pleine de touristes étrangers. Car les Françaises valides ont émigré dans les villas du Sud ! Non pas que la jolie fille ne connaisse pas la crise, mais... moins. Y a toujours un connard en polo pour lui survendre le boudin gauche de son Zodiac. Bien sûr, au bout de quelques jours et 432 verres de rosé, elle le hait, elle s'en veut, mais, au cœur du mois de juillet, un remords à Saint-Tropez est toujours moins cruel qu'une bonne conscience à République. Quant à moi, dans la fournaise francilienne, il me reste à fréquenter une catégorie sociale jusque-là soigneusement négligée : l'insolvable physiquement contestable. Je bouleverse donc ma libido grâce à d'inédits motifs : doucement, mes doigts apprennent à glisser sur une peau farcie de boutons, mes lèvres s'endurcissent sur leurs dents anarchiques et, au final, mes yeux ne dédaignent plus de plonger dans ces regards vitrifiés par l'étonnement de mirer un si beau philanthrope sexuel. Parachevant mon narcissisme, je finis par désirer leur propre béatitude, je jouis dans leurs remerciements. Jeune pervers, sache-le : il n'est pas déplaisant d'offrir dix minutes de sa gloire à une laide dont l'entrejambe vient de gagner au Loto ! Et, comme le plaisir carbure au contraste, je serai encore plus heureux lorsque la vague de septembre me rapportera mon banc de sirènes désabusées.

Jeudi. Je suis allé voir *Batman.* Dans la salle, personne n'est mort. Même pas un asthmatique. Encore une promo mensongère. En revanche, ça m'a permis d'observer le public et de me demander qui, à la place d'un tueur, j'aurais épargné : on a beaucoup pleuré sur les enfants morts dans la tuerie d'Aurora. Pour ma part, les personnes âgées remportent mes suffrages ; ces trésors de souvenirs m'émeuvent davantage que ces embryons de vie qui, par excellence, n'ont pas fait grand-chose pour mériter ma considération et la clémence d'un psychopathe. Je ne dis pas qu'il faille forcément tuer des enfants, je dis juste que dans le contexte (assez rare) d'une fusillade, ils représentent une priorité.

Vendredi. Le garde du foie sénégalais me demande en langage phonétique d'éteindre mon ordinateur. Demain, je tourne à 6 h 45. Une scène de boîte de nuit, entre potes, ivre mort, que l'on doit jouer à jeun : ce scénario se fout clairement de ma gueule. Bref, il faut que je te laisse. Comme quand ma mère prenait le téléphone et m'ordonnait de raccrocher : « Arrête de parler avec Polo, il est *tard* ! » Même toi, tu m'es interdit. Bonne nuit, Polo.

27 juillet 2012

Les vacances de l'actualité

Lundi. En raison d'un tournage intensif et d'une actualité trop nase, Nicolas Bedos se voit dans l'impossibilité de tenir cette chronique. En effet, face aux tafioles japonaises tournicotant sur un cheval-d'arçons, aux malabars dans l'eau et aux escrimeuses qui remportent des médailles sans même tuer leurs adversaires, l'auteur de cette page, ayant perdu son lobe frontal quelque part dans le sommaire du JT, a décidé de remplacer ses sarcasmes habituels par la notice du shampooing gel antipelliculaire Kerium des laboratoires La Roche-Posay, dont l'efficacité le réjouit chaque matin. En effet, pour que la crise économique cesse de transformer vos mèches en pistes enneigées, il vous suffit d'« appliquer une noisette et de masser doucement avant de rincer abondamment », tout en gardant bien à l'esprit qu'« en cas de pellicules persistantes vous pouvez toujours utiliser Kerium DS intensif », un peu plus cher mais plus costaud. L'auteur de cette chronique, dont le manque d'inspiration n'a guère altéré la cupidité, compte sur La Roche-Posay pour récompenser cette courte page de pub.

Mardi. Quand je pense que j'ai connu Marie Drucker jeune...

Mercredi. Les Syriens poursuivent leur grève de la vie, en dépit des cartes postales contestataires que j'envoie chaque jour à Bachar al-Assad. On a beau lui dire « arrête » sur tous les tons, dans toutes les langues, le type tient à son génocide. Quelle tête de mule ! À croire qu'il attend une intervention brutale ! Du coup, là-bas, ça hurle, agonise et chiale sans aucun respect pour la joie suscitée par les jeux Olympiques. Et moi, triste eunuque de la blague devant la charcuterie humaine, j'ai bien envie de vous dire que « le gel douche fondant de Nuxe, avec sa base lavante d'origine végétale aux pétales de fleurs d'amandier et d'oranger, s'applique sur toutes les peaux », ne discriminant ni les roux ni les Noirs.

Jeudi. Hollande a demandé à ses ministres de passer des vacances de merde. Pour que les Français qui passent des vacances de merde croisent leurs ministres en tongs. C'est comme si je demandais à mon médecin de tousser. C'est ainsi qu'Arnaud Montebourg et Audrey Pulvar vont découvrir les plages de Dunkerque dans un Campanile bio. Pauvre Audrey, virée de France 2 à cause d'un jules dont elle ne pourra même pas profiter, tandis que la belle Natacha Polony, dont l'absence d'engagement politique manifeste prolonge les engagements professionnels, s'éclate au large de Bali avec Jean-Marie Bigard. C'est à vous dégoûter de penser.

Vendredi. Manuel Valls réforme en douceur. Chi va piano va mollo. Désormais, les sans-papiers ne subiront plus que douze gifles au lieu de treize coups de pied au cul. En outre, ils ne seront plus renvoyés dans leur pays d'origine, mais dans un pays d'origine douteuse. Ouf, tel Chevènement sous Jospin, le ministère de l'Intérieur reste à droite, Sarkozy y ayant laissé quelques effets personnels.

Samedi. J'ai enfin rencontré la femme de ma vie ! Manque de bol, c'est le personnage campé par Ludivine Sagnier dans le film que nous tournons dix heures par jour. Elle s'appelle Julie. Ne dit jamais de bêtises (j'ai écrit les dialogues), disparaît à la fin de la journée, est toujours nickellement maquillée, éclairée et coiffée, même au réveil, rit sur commande, pleure comme d'autres dansent, adore ma façon de lui faire l'amour (j'ai écrit les soupirs), et supporte parfaitement la présence sur le plateau de mes maîtresses de passage, avec qui Ludivine a même sympathisé. Quelle femme ! Son seul défaut : a tendance à refaire certaines prises, ce qui me fait parfois douter de son authenticité. Peu importe, il me reste un mois et demi pour lui faire des enfants, des petits-enfants et une mort inoubliable. Si toutes les vraies amoureuses acceptaient aussi volontiers leur générique de fin, on jouerait moins la comédie.

Dimanche. Cher lecteur, il est fort possible que je sèche *Marianne* jusqu'au mois d'octobre. Si ce n'est plus. Ne pleure pas, Pomponette ! Cette année, planqué derrière l'écran de mon ordinateur, j'ai adoré rire de tout avec toi, car j'aime à supposer que tu n'es pas n'importe qui. Mais, grâce à Léon Blum et à Laurent Neumann, même les odieux mythomanes ont droit à leurs congés (afin de recharger leurs batteries d'obscénités). Et puis j'ai pris cette habitude, lâche ou narcissique, de quitter les soirées que j'aime, avant qu'on ne m'en vire. Je t'abandonne donc à des plumes plus fréquentables. Le temps d'un été fort studieux. D'ici là, camarade, n'oublie pas qu'une exposition prolongée à la « convenance » accélère le vieillissement intellectuel. Il suffit d'observer ce grand mélanome de Jean-François Copé. (Merde, je finis sur un gros mot.)

Je me tais. À bientôt*.

3 août 2012

---

* *Cette dernière chronique m'impose la fin de ce livre. Ce livre auquel je pensais chaque semaine, tentant de feuilletoner ma vie afin de t'en faciliter la digestion !*
Quelques nouvelles fraîches de ses personnages récurrents ?

— Hollande vit une rentrée houleuse, son cartable bourré de dossiers recouverts par la poussière de sa prudence. Du coup, à peine sorti de la mer, il boit la tasse dans les sondages. Certains éditorialistes regrettent déjà Sarko – qu'ils ont honni pendant cinq ans. Pas même le temps de souffler : nos déceptions ne savent plus où donner de la plume.

— Mon pote oscarisé, bien qu'il s'apprête à jouer dans le prochain Scorsese, se refuse toujours à choper la grosse tête ! Ce grand malade s'habille encore lui-même, paie encore ses impôts en France, mange encore au McDo, fait encore la cour et l'amour à la même femme qu'avant, bref, je le soupçonne de suivre en douce une psychothérapie avec François Hollande. Un président normal, une star modeste... Tout fout le camp.

— Anne Sinclair ? La semaine dernière, elle a permis à ma chère Maman de faire sa toute première une de Closer*. Le scoop ? Ces deux jeunes vieilles copines nageaient dans la mer. En été, ça arrive à des gens bien. Le vrai scoop, c'est qu'Anne pète la forme. On les voit s'esclaffer, toutes les deux. Comme quand j'étais gamin : elles rient, elles nagent, elles bouquinent et elles s'inquiètent pour leurs enfants. Dominique Strauss-Kahn n'aura donc pas eu la peau du sourire d'Anne Sinclair.*

Quant à la jeune femme qui aura traversé ce livre en sortant de ma vie, il paraît qu'elle aussi va très bien. Les gaffeurs de la nuit me la raconte pleine de projets et saturée de prétendants. En dépit de mon absence, elle continue à être jolie ! Cette année 2012 aura donc été marquée par l'impuissance des enfoirés à détruire celles qu'ils aiment. Tout passe et tout trépasse, décidément, nos amours comme nos présidents. La vie est ce roman bâclé dont on ne sait plus très bien, quelques chagrins plus tard, détricoter le vrai du faux. Car les serments s'annulent et les semaines s'empilent. Et pourtant, quelque chose me souffle que l'année qui vient de crever fut particulièrement « particulière ». Vivement la prochaine. Qu'elle soit plus calme et plus gentille. Qu'elle se déguise en minute pour tous les malheureux ou qu'elle traîne en langueur si je retombe amoureux.

Remerciements

Je remercie la rédaction de *Marianne* et plus particulièrement Laurent Neumann, journaliste passionné et patron idéal. Le genre de type totalement débordé qui vous donne l'illusion d'être très disponible. Son enthousiasme est tel qu'on trime pour ne jamais le voir s'éteindre.

Table

Tristane, ma « meilleure amie » 11
Ils t'aiment, toi non plus 17
L'euphorie éventuelle 23
Politique familiale 29
Le scoop 35
Coming out 41
Révolte(s) 47
Séparation 53
Les hommes-sandwichs 59
La politique de mon neveu 65
Les cannibales 71
Le génie de DSK 77
L'accent grave d'Eva Joly 83
Joyeuses fêtes, Rachida ! 89
Les grèves de Noël 95
Promis, ce sera « off » ! 99
Liquidation totale 105
L'amour dur 109
Revue de presse 115
L'adieu à Jean Dujardin 123

L'arrogance hollandaise 129
Mon banquier, ma passion 135
Pourquoi je vais voter Sarko 139
Fidèles et infidèles 145
Aux Oscars avec Jean 151
L'argent de la vieille 159
La Journée de la femme 165
Indigestion 171
« Grand Journal », petit président 177
Le dernier jour d'un condamné à tort 183
Vous avez dit « bobo » 189
Ne mélenchons pas tout... 195
L'énergie du dépotoir 201
Sarko, reviens ! 207
Le grand jour (de pluie) 213
Comment je suis devenu « raciste » 219
« Exit » les fantômes 225
Le dépeceur de mon ennui 229
Mon syndrome Trierweiler 235
Cours de beauf 241
L'équipe qu'on mérite 247
Les ruptures de l'été 251
La reine et moi 257
Ma vie d'actrice 263
Pays de radins ! 269
Les vacances de l'actualité 273

Remerciements 279

*Cet ouvrage a été composé et mis en pages
par* Étianne Composition
à Montrouge.

Impression réalisée par

CPI
BRODARD & TAUPIN

La Flèche

*pour le compte des Éditions Robert Laffont
24, avenue Marceau, 75381 Paris Cedex 08
en novembre 2012*

Dépôt légal : octobre 2012
N° d'édition : 52970/02 – N° d'impression : 71172
Imprimé en France